怀念刘少奇诗词选

薄一波题

人民出版社

怀　念

悼念英灵

昭雪赋

追　思

花明楼抒怀

迟发的悼念

不屈的魂魄

山 河 恋

思 念

《修养》　闪光的明珠

情满花明楼

沉痛的教训

歌曲·其他

17

⊙　目

录

序

　　为纪念刘少奇同志诞辰 110 周年，人民出版社出版这部由沃宝田同志编选的《怀念刘少奇诗词选》。这是一本进行革命传统教育的好教材，是一部感人肺腑、催人泪下的诗词集。

　　中共中央《关于为刘少奇同志平反的决议》指出："刘少奇同志是伟大的马克思主义者，是为共产主义奋斗终生的无产阶级革命家。几十年来，他作为党和国家卓越的主要领导人之一，对我党的建设，对我国民主革命、社会主义革命与社会主义建设，都有不可磨灭的功绩。他对党和人民的事业是忠诚的。他把毕生精力贡献给了我国的无产阶级革命和建设的事业。"

　　早在延安时期，革命老前辈之间就有诗词唱和的习惯。我们看到的最早歌唱刘少奇的诗，是朱德同志 1948 年写的《贺少奇五十寿于西柏坡》：

少奇老亦奇，
天命早已知。

幼年学马列，

辩证启新思。

献身于革命，

群运见英姿。

人山人海里，

从容作导师。

……

今年虽半百，

胜利已可期。

再活五十年，

亲奠共产基。

　　从朱老总的诗章中可以看出当年党的领袖之间亲密无间的关系以及全党对少奇同志的敬爱。

　　这本集子中的作品，有少量是少奇同志生前问世的，绝大多数写于少奇同志逝世、特别是 1980 年平反之后。作者中有少奇同志的老战友、老部下，有党政军各界人士，有著名文艺家，也有和少奇同志从未谋面的普通老白姓。这里，有旧体诗、新诗、散文诗，人们从各个角度抒发了对少奇同志的敬仰与怀念之情。值得留意的是，集子中还刊有四首苗族民歌和一首青海花儿。老百姓把对少奇同志的深情编成歌曲在田间地头传唱。一首苗歌唱道："天上有颗星星，它离月亮很近，突然一阵狂风，要吹去它的光明。地上有座山岭，它离太阳很近，突然滚来洪水，要淹没它的峰顶。狂风吹不散光明，星星又出现在夜空；洪水淹不了高山，它又耸立在人间。"朴素、清纯，生动地体现出苗家儿女得知中央为少奇同志平反后的激动之情。

中国古代讲究为殊勋厚德的人立碑。碑有两种，一种是石头刻的，一种是"心碑"。人们更看重"心碑"，因为它往往能够更真实地体现人民的感情和历史的评价。从一定意义上说，这本集子中的诗词和许多歌唱毛泽东、周恩来的优秀作品一样，也是用心刻出来的碑，表达了广大人民群众对刘少奇同志的公正评价。一首旧体诗写道："十载沉冤一旦申，欣看大地又回春。岁寒然后知松柏，世乱翻能识鬼神。矿井早成英杰志，铁窗益见性情真。案头《修养》长年绿，杨柳迎风色正新。"一首新诗写道："……没有人给你戴过一朵白花，安源煤天天给你佩戴黑纱。别说你当初没有墓地安眠，不，你的坟茔是人民的心田。党为您奏起了庄严的哀乐，人民向党发出由衷的称赞！"我以为，这些诗不但感情真挚，在艺术上也是富有魅力的。李瑞环同志写的诗配画《木匠》是一首别具一格的作品。1980 年，作者看到一幅少奇同志做木匠活的照片，写了四首诗，通过木工的艰辛歌唱了刘少奇。作者感慨道："劝君莫论一时遇，九泉之下看荣辱。"

集子中还收录了几首当年红卫兵"反思"的诗，它们从另一个角度记录了一代人的心灵历程：

这纵然不是我的罪过，
但我毕竟曾为罪恶助威。
我曾虔诚地参加"革命"，
却打倒了革命的栋梁、人民的英魁。

尽管你不会将我责备，
可我又怎能不绞心地惭愧？
我惭愧，并不因为你平反，
而是因为你再也不能返回。

忏悔是苦涩的，然而真诚而实事求是的忏悔却能使人清醒，给人以前进的力量。刘少奇同志说过："好在历史是人民写的。"其实归根结蒂，艺术也是人民创造的。优秀的诗章，是人民心灵的结晶。读这本诗词集，我们会感到少奇同志的高风亮节在闪光，我们会感到人民的心碑在高高耸立。

郑伯农
2008 年 10 月

诞辰感赋

◎ 1998 年 11 月 20 日，中共中央在北京人民大会堂隆重举行刘少奇同志诞辰 100 周年纪念大会，图为大会会场。

◎ 人民怀念你（油画） 周小愚

◎ 同毛泽东在第二届全国人民代表大会第一次会议主席台上。（1959 年 4 月）

◎ 同毛泽东在中南海。(1965 年 7 月 14 日)

◎ 在北京钓鱼台出席中央政治局常委扩大会议。（1960 年 4 月）

◎ 同毛泽东、朱德迎接从莫斯科归来的周恩来。（1960 年 11 月）

◎ 同毛泽东在天安门城楼上。（1962 年 10 月 1 日）

◎ 在庆祝中国人民解放军授衔授勋酒会上向朱德元帅敬酒。（1955 年 9 月）

◎ 1948 年 11 月 24 日，刘少奇 50 寿辰。朱德赋诗祝贺，图为诗的手迹。

贺少奇五十寿于西柏坡

（1948 年 11 月）

朱　德

少奇老亦奇，天命早已知。

幼年学马列，辩证启新思。

献身于革命，群运见英姿。

人山人海里，从容作导师。

真理寻求得，平生能坚持。

为民作勤务，劳怨均不辞。

党中作领袖，大公而无私。

群众欣爱戴，须臾不可离。

修养称楷模，党员作范仪。

今年虽半百，胜利已可期。

再活五十年，亲奠共产基。

纪念少奇同志九十诞辰

魏传统

宁乡出俊杰，建党启论坛。

有志惊环宇，无愧斗士贤。

临危受命易，不畏抗倭难。

一生勤国事，十亿振心田。

刘少奇同志九十诞辰纪念

杨第甫

花明楼高百尺巅，书生意气迈前贤。

斯翁①眼底无余子，犹赞刘公原则坚。

---

① 斯翁指苏联共产党领导人斯大林。

纪念少奇同志九十周年诞辰

江　涛

巨子诞三湘，丰功铭五岳。

铁骨奠中华，丹心昭日月。

遗恨祸萧墙，流芳思亮节。

擎旗多杰雄，薄海妖氛灭。

华诞逢九十，捷音传四野。

国家正腾飞，十亿怀忠烈。

清平乐
少奇同志九旬冥寿祭

熊中炽

十年浩劫，法律凭谁说？炮打火烧何猛烈，一代伟人泯灭。　民心自有公评，是非泾渭分明。际此九旬冥诞，献词敬悼英灵。

放　歌
纪念刘少奇同志九十周年诞辰

张 生 力

安源星星引万众，

五洲歌彻长空，

羊城振臂气尤雄。

黄鹤吹铁笛，

龟蛇拜东风。

非梦非烟历浩劫，

冷看群蝇嗡嗡。

当欣红缨缚苍龙。

云山藏正气，

花楼满青松。

纪念刘少奇主席九十五周年诞辰

朱德熹

诞辰九五庆元戎，四海齐歌不朽功。

沥血呕心扬马列，出生入死为工农。

清廉自奉冰壶洁，盛德人尊岱岳崇。

地下冤魂应莞笑，宏图再展有群雄。

七　律

周汉忠

风起云扬九五春，天高地厚仰昆仑。

安源烈火惊魔胆，苏皖红缨慑寇魂。

不畏强权操亮节，甘为孺子报斯民。

冤沉六字千秋恨，品德功勋万代尊。

七　律

彭鲤生

九五冥辰吊故贤，花明楼畔翠松寒。

一书修养培多士，百战沙场历险艰。

力主尧风勤国事，欲兴舜德吊民残。

枉遭浩劫伤千古，昭雪沉冤万姓安。

七　律

杨天普

神州莽莽动遐思，为国捐躯百世师。

天地风云皆变色，山川草木尽含悲。

十年浩劫烧秦火，一夜狂飚折帅旗。

九五华龄遗恨远，杜鹃啼血化成诗。

七　律

杨畏可

泱泱沩水东流去，灿烂花明不老春。

功与山河千古并，恩同雨露万方均。

经纶天下才无匹，继踵京畿代有人。

九五生辰皆纪念，而今喜作太平民。

七　律

余光荣

冥诞今逢九五秋，缅怀英烈痛难收。

朝为元首千方重，夕作阶囚一概休。

彪炳功勋垂史册，辉煌论著动神州。

黔灵又值飞红日，心系花明不朽楼。

七　律

吴德高

常仰孤忠念未忘，欣逢令诞写辞章。

拯贫济弱才难得，孤矢篷矛愿已偿。

修养论刊真学问，莫须有案太荒唐。

九歌读罢心潮涌，最感伤怀是国殇。

七　律（二首）

张开炬

一

沩山沩水秀湘中，青史流芳炭子冲。

烈火安源飞紫电，春雷大泽起潜龙。

匡时共运经纶手，论党长存道德风。

六月寒霜终一瞬，金秋万里日彤彤。

二

云山屹立彩云中，毓秀钟灵孕杰雄。

三楚奇才驰少骏，十年浩劫折元龙。

名标共运兴工运，心与民通致政通。

隆纪诞辰临九五，花明柳暗又春风。

七律（外一首）

陶绍景

九五诞辰呈祭酒，缅怀往事仰先贤。

白区工运峥嵘史，红色经营不朽篇。

遭妒遭磨何足计，立言立论足堪研。

江河不废人心共，留得新潮证宿缘。

长 相 思

长相思，怕相思，望断征鸿无信期，斯心只自知。

柳如丝，雨如丝，四野茫茫云脚低，子规带血啼。

盼春来，送春来，追悼声中画角哀，风吹日照开。

且徘徊，莫徘徊，两论谆谆有众材，同承旷世才。

七律（外一首）

吴兆焕

九五春秋逐逝波，挥毫激愤写悲歌。

功勋不朽同天地，浩气长存壮岳河。

奸佞十年穷伎俩，心碑万古自巍峨。

琵琶一曲托飞燕，音节无多泪点多。

江 城 子

挥毫含泪对苍穹，月朦胧，怅千重。三自一包，良策为兴农。九五春秋随逝水，甘棠荫，记心中。　　光辉千载照长空，忆丰功，仰高风。修养流芳，清气贯霓虹。遥望宁乡情缕缕，歌一曲，托飞鸿。

沁 园 春

汪 健

九五生辰，举国人民，纪念刘公。想长年累月，白区搏斗；枪林弹雨，血战交锋。淮水挥师，延安辅政，热火朝天心地红。承先后，赞风云人物，一代豪雄。　　"四人帮"逞残凶，极狠毒，含沙射影虫。叹一张小报，九州横扫；株连部属，祸及亲宗。示众游街，打翻踏脚，毁灭真容饮恨终。霓虹见，庆三中普照，积雪消融。

金 缕 曲
纪念刘主席九五冥诞

罗冠群

往事成追忆。更那堪，十年浩劫，惨遭罗织。一代英明功绩著，竟受沉冤枉屈。最可叹，株连祸结。有几多仁人志士，引长歌当哭情难抑。湘水碧，共鸣咽。　　三中盛会开新局。趁东风，神州大地，遍呈春色。长治久安兴国运，贯彻嘉猷决策。天地转、奇冤昭雪。今日诞辰登九五，慰忠魂，千载垂钦式。歌此曲，表衷臆。

浣溪沙（二首）
纪念刘少奇九十五周年诞辰

陈欢元

一

党国忠贞命世雄，独擎一帜树高风，至今著作起殊功。　马列精神随处示，陕甘民运醒藏龙，丹心伟绩众人崇。

二

华诞于今九五年，安源星火足燎原，神州次第换新天。　"文革"歪风污国誉，红羊浩劫叹沉冤，此情翻阅史无前。

纪念刘少奇同志寿诞一百周年

魏传统

喜庆百年寿，冷对千夫指。

奉献不辞劳，英名雪国耻。

论党述忠贞，安邦作特使。

放眼看环宇，当期民所止。

刘少奇同志百年诞辰志念

马万祺

革命洪流撼巨山，安源伟绩史斑斑。

英雄重义分劳易，壮士轻生任怨艰。

浩荡乾坤冤雪净，缅怀先彦在人间。

拯民兴国如心愿，功过恩仇已等闲。

国　殇[①]（外一首）
（1980 年春）

令狐安

寒去雪消又一春，忍听哀乐吊英魂。

奸贼毁谤摧梁柱，鼠辈交章[②]害栋臣。

良莠混淆敌我乱，佞忠颠倒是非浑。

百年多少断肠恨，最痛君冤伤碎心。

———————

　① 1980 年 2 月，中共中央为刘少奇彻底平反，真相大白于天下后中外震动。

　② 交章，封建时代指同写奏章。此处指小人勾结陷害刘少奇。

刘少奇百年诞辰八首

（1998年底）

其一

刀林剑树若等闲，九死一生虎狼间。

北战南征行万里，江山半壁赤旗翻。

其二

曾辅毛公取天下，雄文自有百万兵①。

安邦定国建伟绩，日月同辉耀群星。

其三

众望所归奸佞忌，直言坦荡友生疑。

萧墙祸起中南海，千古奇冤后世谜。

其四

泣血锥心仍无悔②，宁为玉碎不瓦全。

忠奸颠倒肠寸裂，魂断中原③恨苍天。

其五

新朋所痛仇者快，敢有悲声动地哀④。

钊老遗言犹在耳⑤，人亡政废伤心怀。

其六

酹酒向天哭壮士，英雄无奈不逢时。

众生皆醉君独醒，旭日迎春雪化迟。

⊙ 诞辰感赋

其七

拼将一死换升平，领袖无私亦有情。

好在人民写历史⑥，千秋功过任说评。

其八

百代中华封建史，前车之鉴后人师。

江山幸有能者继，笑慰君魂九霄知。

---

① 雄文：指刘少奇同志主持制定的《土地法大纲》和《论共

产党员的修养》等文章。有人评论说：在三年解放战争中，《土地法大纲》的作用"相当于几百万人民解放军"。

② 1967 年初，刘少奇向毛泽东提出：主要责任由他来承担，广大的干部是好的，应尽快把他们解放出来，使党少受损失。他要求辞职和妻儿回延安或回老家种田，以尽早结束文化大革命，使国家少受损失。

③ 1969 年底刘少奇惨死在河南开封。1980 年 2 月，中共中央十一届五中全会为刘少奇平反昭雪。

④ 敢，怎敢。唐代李商隐《瑶池》诗："瑶池阿母绮窗开，黄竹歌声动地哀。"鲁迅《无题》诗："万家墨面没蒿莱，敢有歌吟动地哀。"

⑤ 钊老：章士钊，曾任北洋政府司法总长兼教育总长，湖南长沙人。1967 年，章士钊写信给毛主席说："希望中国共产党要团结，勿为亲者痛而仇者快之事，不能打倒刘少奇，不然国家要遭难。"

⑥ 刘少奇在他的处境最艰难的时候说过："好在历史是人民写的！"

紀念劉少奇同志百年誕辰

步魯迅先生生題詩原韻

十年浩劫泯是非，當時庶命脈
繫黎嬌絲弓雲涌灑麗憂國濱
鬼魅魍魎毀紅旗，勸惜前輩
含冤去毒巳昭雪，鑄尖詩坐
對銀輪思往事，月老如水照
緇衣

戊寅中秋夜　歐陽山尊

◎ 欧阳山尊

纪念少奇同志百年华诞

内乱蒙冤百复哀川、
国家主席受冤深、
上绌气帽另三作
平反重昭得众心

李中权
一九九八年九月

◎ 李中权

披波斩浪写滂溥勇誉征帆向
大同巧捷祝捷海伯鲁择
发戟挢说雲文天撵日参棋案
治国兴邦谋社家焕然写雲
處不住金笔燦乙種蒼穹

戊寅年十月为刘步青同志
至一延辰题书
高锐

◎ 高　锐

洒向人间尽是情　长河磊磊记分明

奇冤早铸千秋错　亮节永镇旷代铭

星火燎源传业绩　寒梅延秀播芳馨

殊勋赫赫垂青史　一片丹心举世尊

纪念刘少奇同志诞辰一百周年　江苏陶泽章撰书颂

◎ 陶汉章

纪念刘少奇同志百年诞辰
步鲁迅先生《无题》诗原韵

欧阳山尊

十年浩劫误春时，黎庶命脉系游丝。

无处痛洒忧国泪，鬼魅魍魉毁红旗。

恸惜前辈含冤去，幸已昭雪铸史诗。

坐对银轮思往事，月光如水照缁衣。

纪念刘少奇同志百年华诞

李中权

内乱期间多教训，国家主席受冤深。

上纲戴帽有三顶，拨乱雪昭得众心。

七　律

高　锐

披波斩浪闯滇濛，勇驾征帆向大同。

巧转蓬裙欺海伯，奋挥长戟捣龙宫。

更天换日参枢密，治国兴邦谋祛穷。

妖雾乌云遮不住，金星灿灿耀苍穹。

纪念刘少奇同志诞辰一百周年

陶汉章

洒向人间都是情，长河历历记分明。

奇冤早铸千秋错，亮节永镌旷代铭。

星火安源传业绩，岭梅延水播芳馨。

殊勋赫赫垂青史，一片冰心举世尊。

刘少奇先生荣诞百周年志庆

文　强

百年一瞬惊天石，创纪开元霹雳人。

沩水泱泱通大海，中华穆穆转乾轮。

荣祭歌功乡国永，隆仪颂德史情真。

自古圣贤留典范，宝书红透展经纶。

刘少奇百年诞辰凭吊

纪瑞甫

万机治理日繁忙，祖国河山变富强。

出访心声惊外籍，倡廉身教带中央。

一生业绩垂千古，百世英明播四方。

冥诞期颐公祭日，临风酸楚望宁乡。

刘少奇百周年诞辰感赋

赵连珠

"三罪"冤摧元首身[1]，党章国法了难循。

可怜销骨焚尸日，道是开封无业人。

此日妖氛一扫空，江山依旧太阳红。

万民今献百年祭，赋罢招魂唱大风。

---

[1] "三罪"指所谓"叛徒、内奸、工贼"。

刘少奇诞辰百周年感赋

梁　常

百岁冥辰举世尊，人民开国纪元勋。

白区地下燎星火，赤帜安源揭矿军。

《修养》名篇昭正气，党风高洁逐邪氛。

史无前例冤何重，泪洗丰碑祭杰魂。

刘少奇诞辰百周年祭

江　婴

遗言一句语来人，青史煌煌作者民。

改革原从阡陌起，谋猷始自辅车陈。

同耕社地员枵腹，独种公田谷见困。

怒触不周天地暗，岿然碑立石嶙峋。

刘少奇同志百年祭

苏仲湘

洁操开邦炳巨勋，九州长忆百年身。

虮蝚四聚摇高树，极目风波愁煞人①。

---

① 风波：指十年浩劫，兼寓"风波亭"意。

刘少奇主席百年祭有感

左念慈　朱辅智

安源工运首兴师，擘划中枢竭虑思。

大柱擎天叹摧折，人民血祭恨迟迟①！

----

① 本诗作者在诗稿"血祭"字下按血指印四个，哀悼之诚，昊天可鉴。

刘少奇主席百年诞辰祭

成应璆

沩水安源变革深，百年倚伏系人心。

山乡故宅岿然在，众口焉能遂铄金。

记曾星火炽安源，更柱中流壮国魂。

缧绁兵戈经百炼，磨坚守白此心存。

调和鼎鼐煦春温，"矢志农耕"诲女孙。

回首芸言悲隔世，人间但说鹤乘轩。

少奇同志百周年祭赋

　　刘少奇同志功勋卓著，如日月经天，万古流芳，值此纪念刘公百年诞辰之际，赋诗一首以献崇敬之情。

邓 正 明

少年睿智志亦奇，

薪传火种求真理；

安源风雷惊神鬼，

工运狂飙擎大旗；

雄踞华北稳操舵，

制胜频频计出奇；

推崇领袖功勋著，

党建专著汇真谛；

立国兴邦多良策，

深谋远虑把时机；

三年困难忧民苦，

节俭含辛一布衣；

求真务实吐铮语，

胸怀磊落持胆气；

一生清白乘鹤去，

血染青山杜鹃啼；

举国追思遂遗愿，

振兴中华志不移。

忆刘少奇同志在
涡北新兴集视察（二首）

徐宏久

今年 11 月 24 日，是我们敬爱的刘少奇同志诞辰 100 周年纪念日。为了缅怀少奇同志的丰功伟绩，学习他的高尚品德和优良作风，特写颂诗，以作纪念。少奇同志系 1939 年 11 月 6 日携徐海东等同志一行，来到我们新四军游击支队司令部当时的驻地——安徽省涡阳县北部的新兴集。在这里，召开了纪念苏联十月革命节大会并举行了阅兵式，召开了军队和地方县、团以上干部扩大会议；传达和阐明了我党的独立自主建立抗日民主根据地的方针和政策，还给干部作了两三次有关论述共产党员修养的报告等。由于我当时任豫皖苏区党委机关支部书记兼指导员，因此每次听报告都坐在前排并有幸参加报告的记录和整理。据悉该报告经修改后即编入他的《论共产党员的修养》一书中。少奇同志于是年 11 月底离开涡北前往新四军江北指挥部。

（一）

烽火漫天迫皖东，胡服奉命敌后行[①]。

勇斗敌顽传韬略，创建基地树伟功。

建政须抓"六大宝"[②]，治军还赖鱼水情。

宵衣旰食犹勤甚，亮节高风留美名。

（二）

新兴集上新气象，文明之师天下扬。

精忠堂里观戏剧[③]，北门城郊演兵场。

《修养》名著开宗义，华中战略布密防。

斗争态势急转顺，谆谆教导永难忘。

---

① 胡服为少奇同志之化名。

② 少奇同志指示建政须抓六大工作：即建党、建政、建军、建立抗日群众团体和发展地方武装力量。

③ 精忠堂是我们部队在新兴集的大礼堂。建筑宏伟，布置精美，可演出《雷雨》、《日出》及《北京人》等大型话剧。

怀念刘少奇

值刘少奇主席 105 周年诞辰之际缅怀

佚名（《千秋文学网》）

当年忙碌披星月，丰功伟绩难灭。帜染安源，刀挥鬼穴，敌寇心惊胆怯。丹心凝著。那《论党》《修》篇，两旗高猎。岁月艰难，为人民排救心悦。　　弥天六字浩劫，看沩山流泪，杜鹃流血。乍响春雷，云开雾散，万水千山欢跃。心潮澎湃。

拜领袖音容，楚江悲咽。飒爽风姿，一声声更切。

怀

念

◎ 在北平香山。(1949 年 5 月)

◎ 在庆祝中华人民共和国成立 12 周年大会上。(1961 年 10 月 1 日)

◎ 在中南海木工房劳动。（1951 年夏）

木匠

李瑞环

钝锯大材日千刀，斧劈曲直要离苦；
刨平木料离不了，凿眼打洞不离他。
把手搞简单，店里要台架；
农民扶犁耙，五谷杂粮遍天下。
工人学生用桌椅，衣食住行用具样样不离它。

钝锉小齿和，细磨小料汗一刻，
锛汗能凹凸遍。

诚高屋被颠倒，师世人驾尘，
被颠倒世人遭，九州人字千古定，
妖造遭风劫发，指起花起。

人生一世，勉勉汗血滴，
勤者荣，汗者尊，莫谁评论等，
下看荣辱。

注：刘少奇同志平反昭雪后，瑞环同志看到了这幅照片深为感触，写了这首诗。一九八〇年第一期《红旗》杂志发表。黄苗子先生书。

◎ 李瑞环《木匠》 黄苗子先生书

木 匠[①]

李瑞环

（一）

工人握锤把，农民扶犁耙，学生用桌椅，商店要台架，衣食住行用，样样不离他，负箱携具千万家，木匠甘霖满天下。

（二）

锛凿刨锯斧，般般汗水煮，大材要做小，小料需贴补，弯曲刮平直，平直刻凹凸，终日不离屑和土，一生遭受千刀苦。

（三）

竭诚高屋脊，平地妖风起，魍魉兴魔师，九州遭劫袭。是非被颠倒，世人皆发指，哀吼之声惊寰宇，千古奇冤须平洗。

（四）

人生共几何，肉骨皆粪土，汗血滴柱石，大厦
存千古。功过谁评说，后生定先祖，劝君莫论一时
遇，九泉之下看荣辱。

———————

① 刘少奇同志平反昭雪后，李瑞环同志看到了这幅照片，深
为感慨，写了这首题为《木匠》的诗。该诗发表在《建筑工人》
1980 年第 1 期。

观刘少奇主席劳动照片敬题

赵朴初

量书难得万几暇，务在坚持四体勤。

遗像何期留劫后，片风丝雨感人深。

夜读刘主席著作

马冰山

多年久历风霜苦，夜雨难寻绝世尘。

好在胸藏修养句，灯前展读眼偏明。

七　绝

周凤仪

革命功高昭日月，为国为民不忧私。

党员修养神州仰，马列真传百世师。

七绝（三首）

陈忠义

一

修养从来责己周，以身许国复何求！

艰难缔造论功绩，领袖群中数一流。

二

千古奇冤此最奇，党章宪法问谁知？

欲加之罪三重帽，推倒原皆不实词。

三

经济腾飞欲脱贫，每从遗像想斯人。

神州改革初成效，独立东方志可伸。

七绝（三首）

张亮凯

一

秦灰讵见死还燃，劫里江山失故妍。

沧海横流天柱折，年年春日听啼鹃。

二

霜飞六月鼠狐骄，丽质兰芳一例凋。

抢地更无天可问，青天脉脉隔云高。

三

千秋正气薄云霄，六字奇冤铁已销。

青史还公真面目，花明楼外月轮高。

七绝（三首）

秦子卿

一

纵横敌后仰元戎，十万旌旗战火红。

九地胡尘清洗后，丰碑万载镇华中①。

二

描绘新天日月长，和平建设遍城乡。

东方自有神龙在，骀荡春风下五洋。

三

千秋伟业铸乾坤，浩劫无端不忍闻。

亿万生民同一哭，心香长此吊忠魂。

---

① 江苏省盐城市新四军纪念馆内有刘少奇同志纪念碑。

颂少奇同志

魏克明

为求动乱早平息，愿归故里种桑麻。

丹心一片昭日月，神州十亿颂英侠。

未见五柳飘桃园，怒视四鬼闹中华。

欲报捷音寄何处？马列堂前赏百花。

缅怀少奇同志

刘兆远

六字压头遭困厄，四凶覆灭万民昂。

丰功自共史篇永，大德应同日月光。

论党精微辉马列，为民勤恳瘁肝肠。

于今十亿兴华夏，先哲精神更发扬。

◎ 1980 年 5 月 19 日，刘少奇亲属遵照刘少奇生前的遗言，把他的骨灰撒向浩瀚的大海。

◎ 马少波

七　律
海　祭
（1980 年 8 月）

马少波

旧日匆匆别翠岛，重游故里二十春。

遥迎日月催帆影，长忆刘公葬海魂。

伟绩初扬安矿帜，奇冤不让风波暗。

滩头捧水亲双颊，和泪淋漓染袖襟。

怀念少奇同志

周宇清

沩山靳水有忠魂，一世辛劳只为民。

战斗白区求解放，运筹赤县建奇勋。

无端六字成冤案，有幸千秋仰哲人。

今日神州忙改革，笑谈好景笑谈君。

悼念刘少奇同志

刘工践

纵横神州气轩昂，刀光剑影任往还。

唤起风雷惊虎穴，遥映红旗斗敌顽。

操守马列堪修养，崇敬领袖情挚坚。

文章脱颖人称道，几度梅花傲霜寒。

神州十亿仰高风

王春野

百年勋业论英雄，一代元戎万世功。

唤醒工农光大业，复兴民族树前锋。

肩担日月长征路，挺立河山不老松。

莫道浮云能蔽眼，神州十亿仰高风。

过天华山

陈光诚

清明节后过天华，田野春风百景赊。

山下紧张耕谷雨，岭头歌唱采银茶。

知时杜宇时催种，放学儿童学种瓜。

最是刘翁遗爱广，甘棠长荫万人家。

七　律

余泳渚

唯真主义别无求，革命何须怕断头。

虎穴锄奸惊鬼魅，劳工暴动写春秋。

纵横捭阖凭肝胆，谈笑从容自计谋。

六字沉冤惊浩劫，去留千古永风流。

七　律

曾夷清

一肩霜雪主沉浮，宵旰时怀天下忧。

治国老成施德泽，兴邦英睿启宏猷。

丹心一片诚为贵，青史千秋足可讴。

泉下有灵公自慰，当今改革继前谋。

七　律

陈家俏

披坚执锐创新天，弹雨枪林若等闲。

六字奇冤惊广宇，一身正气对群奸。

高风亮节传薪火，遗爱丰碑励后贤。

酹酒奠公冥诞日，泱泱蕲水泛清涟。

七　律

张　定

南山大树中天立，百丈凌云结石根。

勋业恢弘昭日月，襟怀磊落耀乾坤。

苍蝇玷白传谣诼，瑶瑟凝尘戴覆盆。

出谷华阳开宿雾，巍峨皎洁似昆仑。

七　律

何应昌

大略雄才举世闻，忠肝赤胆献人民。

运筹伟业忘朝夕，锤炼宏篇绝古今。

堪恨"左"潮倾国柱，永垂青史慰英灵。

花明楼上当空月，长照神州十亿心。

七　律

汤甲真

肇建共和领路人，为民立极矢丹诚。

弥天冤枉一朝雪，不世功勋万古名。

浩劫十年萦旧梦，宏图九域庆新生。

冥辰举国思遗爱，怀念亭前不尽情。

七　律

天　光

一场浩劫毁忠良，酹酒临风吊国殇。

三罪埋冤身后雪，四凶得宠眼前狂。

白区未损英雄志，赤县长留姓字香。

莫道浮云能蔽日，红旗焕彩耀宁乡。

七　律

王　亮

旷世豪杰奂鼎新，全凭浩气写坚贞。

白区伟绩丰功在，修养遗篇党性纯。

雪侮霜欺香益烈，光明磊落洁无尘。

人民主席人民颂，遗范千秋系万钧。

七　律

张精干

鞠躬尽瘁如伊吕，建国功成百事忙。

方绘蓝图兴禹甸，焉知黑雾起尧疆。

生能慷慨针时弊，死得凄凉恸国殇。

万束鲜花凭吊日，当年遗愿得弘扬。

七　律

李曙初

岁寒松柏自青青，妙手回天计自灵。

生有殊勋昭日月，死无遗憾对人民。

党因修养纲维正，道不偏离主义真。

雾散长空迎四化，尚须遗训振精神。

七　律

欧琼华

不信浮言假大空，狂澜力挽赖刘公。

千年谠论昭青史，一片丹心贯白虹。

岂有牢愁悲境地，须知气节见英雄。

杜鹃花发东风里，映得山冲别样红。

七　律

张相堂

喜从修养识真君，未许狂飚阻壮心。

落落胸怀包宇宙，堂堂正气塞乾坤。

宏才诚可匹三略，大祸终难避四人。

今值振兴经济日，尚余遗策佐斯民。

七　律

罗传学

雾掩云遮哭国门，花明楼畔系羁魂。

白区何惧寒流急，赤县终教曙色暄。

直道躬行抒谠论，党风修养著宏文。

民心岂许权奸侮，自有清波洗浊痕。

七律（三首）

阿怀东

一

仲尼忧世接舆狂，狐鼠蹁跹舞庙堂。

劈耳请留民意切，乘桴归去海天长。

质为松柏霜中茂，品是蟠桃冷后香。

元首犹难逃羿彀，十年风雨忆悲惶。

二

不铲三山苦不堪，临危受命铁肩担。

白区曾豁千回死，赤县终颁万户甘。

斥鷃因风凌碧落，蛟龙失势困芜潭。

泰山颓坏长松折，恨雨悲云满斗南。

三

织罗三罪好营私，群丑声狂塞两仪。

国事经纶怀耿耿，机关识破恨迟迟。

功高北斗功长在，案重南山案可移。

大道风行身后死，九泉英魄合扬眉。

七　律

范春晖

素花似雪报春回，痛定追思举世哀。

曾向安源传火种，还从延水掣风雷。

丹心谋国富强路，白发为民匡济才。

鬼域烟消天鼓动，英灵含笑慰泉台。

七律（二首）

刘德怀

一

不愧于天不怍人，质同梅雪净无尘。

一匡华夏民心悦，三省吾身党性纯。

四大自由兴国力，两篇宏论指梁津。

含冤缧绁非其罪，青史昭昭永不泯。

二

哲人仙去复何寻？伟大平凡赤子心。

长处白区肩重任，每逢逆境见忠忱。

冲霄浩气辉星月，立国箴言冠古今。

历史由来资铁证，一生无愧是真金。

风雨篇

献给刘少奇同志

陈　欣

一

湘江水碧霜叶黄，时逢国艰苦日长，

七尺须眉重天下，忍看黎庶遭灾殃？

花明楼畔揭杆起，壮志凌云定行止，

身肩重任去安源，振臂高呼赤旗举。

反帝狂潮卷沪江，乌云蔽日动刀枪，

尸横血泊人潮涌，儿女牵衣哭断肠。

积劳成疾归乡土，身陷囹圄铁窗守，

雪片传来电讯飞，工农营救惊官府。

珠江风雨正迎人，运筹帷幄展经纶，

劳工大会谈谋略，胜过沙场十万兵。

帝国旌旗插上空，退兵有策寄冥鸿，

汉江父老吞声哭，国耻难忘恨满胸！

北伐兴师急进军，摧枯拉朽卷残云，

夺回租界驱军阀，血染江湖不顾身。

二

急风骤雨到长江，同室操戈最可伤，

多少健儿抛白骨，忠肝义胆照秋霜！

辛酸不洒英雄泪，赤卫红旗岂长睡？

又见南昌起义兵，蛟龙出水怒涛鸣，

死生鏖战山河动，猛将谈兵中外惊。

天南地北皆吾士，沧海茫茫任行走，

化装且作孤山游，世上英豪本无主。

吴淞口外浪涛惊，黄浦江流听水声。

变化鱼龙添胆略，暗中潜伏铁骑军。

冰天雪地出雄关，大豆森林尽宝藏。

强弱悬殊民疾苦，何时还我好河山？

三

寇兵入境催何急，遍地风烟云水赤，

齐心抗暴御强梁，天下兴亡人有责。

奇兵出没遍神州，不饮黄龙誓不休，

八载壮怀虹贯日，前方敌后共同仇。

残余扫尽喜天晴，万众欢呼国难平，

从此红旗高树立，中华重建息刀兵。

四

酷史横行杀气高，明枪暗箭拔弓刀，

国家元首遭残害，"罪恶弥天"下死牢。

抛妻别子情难遣，不问忠奸难解辩，

回首沧桑卅载情，安知世事今多变？

当年走马平戎羯，今日临危心欲裂，

千言万语自低回，成败何能欺俊杰！

今朝史册辟流言，善恶分明定昭雪，

盖棺定论唱悲歌，忠骨长埋当永息！

枯樟复活书感①

彭震球

天下奇冤白，东湖樟复活。

举目望晴空，低头思"左"祸。

---

① 少奇同志平反后，花明楼东湖塘一枯樟忽发新枝。

缅怀少奇同志

温清海

昊天云蔽日，楚地火燎原。

鼎立乾坤定，同心伊甸奔。

沉浮忧国是，褒贬富民言。

春酒忠魂祭，岿然一代尊。

五　律

赵家寰

星火安源动，长风海宇清。

万难甘尽瘁，一卷感情深。

六字沉冤雪，千秋史册名。

花明楼上月，岁岁照花明。

五　律

朱培学

自有丰碑在，煌煌记一生。

与民谋福利，为国作牺牲。

欲哭唯无泪，不言仍有声。

红旗护忠骨，苍昊耀长庚。

五言长律

怀念少奇同志

余　立

十年怀德泽，日夜望春回。

蜀鸟哀鸣急，甘棠乱伐摧。

奸雄肇鲁难，星斗坠天台。

六月飞霜雪，阳春听巨雷。

功成国老力，冤狱铁门开。

群众书青史，铜华出土埃。

德行万代表，功绩列元魁。

白区为奇杰，铁军称硕材。

堂堂剑气在，旭旭旦光来。

辅国驱阳九，为民去祸灾。

党风与党纪，亲教又亲培。

德化心同一，威信智网恢。

栋梁支大厦，柱石擎蓬莱。

犹记春风座，难忘笑语陪。

余生逢盛世，遗著显奇瑰。

"八大"遗言好[①]，"五中"美赞哉[②]。

英灵堪告慰，后继有人才。

四化建成日，祭翁献旧醅。

---

① 指中国共产党第八次全国代表大会政治报告。
② 指中国共产党十一届五中全会公报。

悼少奇同志

祖岳嵘

少奇同志，功业峥嵘。为民谋福，不搞政争。

言行一致，磊落光明。精研马列，适应国情。

立论修养，道德文明。一包三自，开禁推行。

若依宏论，早已飞腾。人心是秤，历史最公。

奸佞已除，告慰英灵。

四 言 诗

徐朝胜

少奇同志，一代忠良，丰功伟绩，百世流芳。

安源发轫，旁及四方，工运蓬勃，正义大张。

长沙困厄，奉天银铛，两入虎口，险遭戮戕。

妙哉两论，阐述周详，放之四海，永射光芒。

注重修养，立志自强，为国为民，饱经风霜。

深入黎庶，听诉衷肠，解悬拯溺，德泽汪洋。

怀 念

◎同毛泽东、周恩来、朱德、陈云、邓小平在一起。（1962 年 2 月）

◎ 同王光美、宋庆龄在上海。（1957年4月）

◎ 1964 年 12 月 21 日—1965 年 1 月 14 日，出席第三届全国人民代表大会第一次会议，在会上再次当选为中华人民共和国主席。

◎在新疆。（1966 年 4 月）

联　语

张方义

凌浩气，蔑生死，审势谋事，卅年戎马开邦国。

斥浮夸，弭狂热，因时决策，一片丹心拯庶民。

联　语

袁本良

怀奇才建奇勋而蒙奇冤，可钦可佩，可泣可歌，一代英明垂典册。　　逢盛世襄盛举以追盛德，同气同声，同心同力，九州赤子仰昆仑。

联　语

熊绪文

膺鼎命，握朝纲，咸钦天纵英明，痛六字奇冤，强责殊勋为大逆。　　促农桑，权国计，共仰胸藏伟略，喜八荒丕振，缅遵遗策展新图。

西江月

大　白

张爱萍

许身乾坤扭转，奔走马列为家。修养箴谏不谢花，襟度涵育无邪。　　雷霆万钧地震，人坠九狱渊崖。青史明镜映丹霞，奇冤大白天下。

沁 园 春
追悼刘少奇同志

冯少白

风雨飘摇，天地昏沉，日月无光。叹元勋遭劫，国邦动荡；亿民忧愤，难诉衷肠。谁与评量，千秋功罪，凭吊忠魂泪盈眶！斥叛逆，图夺权篡党，谋害贤良。　　岂容粉墨登场。齐奋起，群雄讨恶帮。喜凶顽尽扫，残余投网；旌旗所指，战果辉煌。昭雪奇冤，人心欢畅，重振山河意气扬。传捷报，应九泉含笑，同庆荣昌。

念奴娇

方　维

　　白区奔走，克凶险，丕显豪雄姿色。唤醒人民，千百万，圣火燃烧南北。受命艰危，运筹帷幄，新四军威赫。五风灾靖①，匡时胸有良策。　　堪称一代英明，三同八大，激励全中国。可惜狂澜先未识，星陨汴梁荒宅。历史无情，生灵有眼，岂许污清白。伟哉先哲，泰山云梦功德。

---

　　① 五风：指"共产风、浮夸风、生产瞎指挥风、强迫命令风、干部特殊化风"。

钗头凤

陈永恒

经纶手，宏图构，强兵富国筹谋久。阴风作，世情恶，百般蹂躏，委之丘壑。错！错！错！　　寒冬后，阳春秀，神州处处高歌奏。枭雄缚，新程拓。冤魂昭雪，辨明清浊。乐！乐！乐！

临江仙

李琼华

沩水沩山凝翡翠，楼台柳暗花明。钟灵毓秀奋鲲鹏。坦诚言得失，入户问阴晴。　　天外狂飚吹晦雨，无端六字雷惊。春秋褒贬最公平：狐蛇归粪土，日月耀长空。

满江红

悼念刘少奇主席

夏征农

地喜天欢，十数载，沉冤昭雪。应更信，人间正气，终胜妖孽。霹雳一声山水绿，万千杨柳漾春色。听黄昏，杜鹃诉衷情，清明节。　　求解放，壮怀烈，与民众，同凉热。竭毕生精力，创建中国。孰料风云真突变！群魔乱舞身遭劫。只留得，丹心照汗青，永不灭。

忆秦娥

许遵硕

悲戚戚，晴空霹雳来何疾？来何疾，奇冤六字，乌云蔽日。　　灯前马背操劳急，为民为国多勋绩，多勋绩，英风高洁，丰碑矗立。

水 龙 吟

哀悼刘少奇主席

钟树梁

中南海上轻云，薰风忽挟霜风至。言犹在耳，谤生欺世，狂涛顿起。文字狱成，林江狞笑[1]，宪法垂泪。国家主席，纵群儿敲扑，天下事，宁有此！　便欲归耕无地，放悲声，汴河流水。吾心皎日，吾志无改，吾身可碎！党与人民，终能写出，千秋信史。看春风又到京城，宫墙里，松枝翠。

――――――――――

[1]　林江：指林彪、江青。

沁 园 春

刘靖中

磊落奇怀，盖世奇功，万古奇冤。忆十年"文革"，狼嗥鬼啸；八垓风雨，蔽地遮天。六字谋成，千秋错铸，血泪横飞到九原。天开眼，看东窗事发，长舌承愆。　　欢然燕舞莺翩，似雨过园林百卉鲜。是城乡改革，复苏大地；市场经济，润注灵泉。百姓温舒，九州昌盛，八大方针隔代搴。如有见，见容仪穆穆，含笑云巅。

忆秦娥

周志毅

歌声咽，忠魂愁对开封月。开封月，年年此日，缅怀先哲。　　丰功伟绩千秋业，中华历史翻新页。翻新页，沩山靳水，地灵人杰。

望海潮

张文献

沧桑多变，重温历史，依稀往事难忘。曾记昔年，池荷正艳，何来恶浪摧樯？冰雪压修篁，突天地昏暗，万类遭殃。雨暴风狂，乾坤颠倒夜茫茫！

春回北斗辉煌。看山河泛彩，日月重光。惊蛰炸雷，烟消雾散，人间魍魉终亡。百卉沐朝阳，正天清宇净，湘水洋洋。且喜妖氛扫尽，松柏见高昂。

还 京 乐

怀 念

张福有

秀山碧水青竹，花明炭子，松鹤情操赋①。越万里关山，险峰崎路。安源火起，湘江浪卷，更闻威震白区，红旗高举。暗夜去，春雷伴花鼓。 杏春柳绿日暖，浩月疏星，酷霜浓雾。寒气下，元元忧伤悲误！说难孤愤，春秋演易，史章终又还其，本来面目。雪消尽，盈盈笑相语。 海啸涛滚，岸阔舟轻，浆扬帆竖。共把酒吟风唱金缕，秀江天，嫣红姹紫无重数。知远处，撒落花如雨，算何思绪添些许？

---

① 刘少奇读中学时在自制一竹笔筒上，刻有松鹤图和赋。

念奴娇

李英俊

遥岑南岳，羡青松，壮我中华秀色。不惧寒潮凛冽，仍自巍然傲雪。几度雷鸣，崩天震地，何损公之节。天青云散，神州重仰高格。　　犹忆伟烈生涯。安源先点火，砸开锁铁。坐镇江南寒敌胆，掀起狂澜告捷。痛惜春寒，急人冷暖，招祸五洲咽。千秋功业，民心碑耸天阙。

诉衷情

唐惕阳

当年万里逞奇谋，奋臂搏中流。安源江汉奇业，奇志骋方遒。　　风雨骤，簸危舟，陷奇囚。弥天奇劫，恨饮中州，泪洒千秋。

而今万众写春秋，奇史几沉浮。旷古奇冤昭雪，奇耻后人羞。　　冰雪解，荡蚍蜉，放吟眸。世情终料，花满明楼，春满神州。

水调歌头

孙苏林

修养唯楷模，党性最真纯。肩担时代风雨，赤胆系民魂。辅弼雄韬建国，扫荡阴云浊雾，四海竞芳春，出访亚非拉，声誉震乾坤。　　忆浩劫，蒙冤难，恨难平。一朝秽雨急骤，鬼唤乱琴音。喜看地翻天转，烜赫功勋不没，千古颂英名。道德精神在，永励九州人。

满 江 红

张鹤皋

大地苍茫，风乍起，吹来浩劫。嗟是日，昏天黑地，擎天柱折。强项翻成喷气式①，天人共怒山河咽。叹元勋，沦落陷牢城，心悲切。泰山颓，肝肠裂。千古恨，今朝雪。看三湘胜景，故园春色。万国衣冠朝圣城，嘉朋络绎芙蓉国。把朝晖，分赠五大洲，酬宾客。

---

① 喷气式："文革"中的一种刑罚。

满 江 红

陈庆先

十载阴霾，弥漫处，人妖颠倒。花径里，绿摧红损，鬼嚎狼叫。霹雳连声山水碧，沉冤一洗星辰曜。听杜鹃，柳巷诉衷肠，清明调。　　与群众，肝胆照。怀壮烈，驱凶暴。入龙潭虎穴，扬天长啸。正气凛然辉北斗，雄风伟矣扬红纛。仰两论[①]，真理播人间，千秋耀。

---

① 两论：指刘少奇著《论党》和《论共产党员的修养》。

水 龙 吟
谒刘少奇故居

陈祖堃

南飞雁唳长空，秋高气肃潇湘路。斜阳正照，竹林茅舍，故居门户。大泽山乡，风云叱咤，龙蛇曾舞。有游人几许，低徊踟蹰，深眷念，甘棠树。　　向晚庭阶坠叶，似悄悄劫难重诉。苍松挺直，寒塘澄澈，斯人肺腑。准则民心，明灯青史，是非评说。共欣然，仰止英姿飒爽，楚天空阔。

八声甘州

陈德才

恍当年含笑，立城楼，黎庶注情浓。想赤都问路，白区斗法，疆场折冲。夙夜孜孜国事，壹志起蛟龙。闲扶工人手，语笑融融。　　卷地狂风骤落，见苌弘化碧，杜宇啼红。挺身承重咎，血沸向苍穹。罪与功，有人民定。守高洁，归去但从容。知今日，花明楼上，满眼春风。

水 龙 吟

项怀民

　　岭南长望高峰，年年雷雨春先至。摧枯拉朽，腾云驾雾，铺天盖地。自是风流，回天之力，无根无底。看峥嵘乔木，芳菲花榭，真真个，生民破。　　更有潇湘千里，泻心声"共和万岁"。奸邪起哄，忠良遭害，是谁枉此？历史无情，江山还我，有谁得似？喜人间讯息，衡阳雁去，又春伊始。

擎 旗 难

姚正中

逐鹿中原流急湍，白区争斗给谁看？安源三进豺狼惧，修养四传山海欢。欲胜敌方凭虎胆，将嘘正气撼云峦。鞠躬尽瘁无闲梦，万里长天看月团。擎旗难，擎旗难，易折旗，功安在？攀登插峻会危时，一片丹心满天灿！　　大道逢山盘，洁白受污蔑。说是御寒不胜寒，错将民主倒民官。犹伤主席难自保，殒身冤狱压悲酸。无端笔伐莫须有，捕影口诛真内奸。君不见昔时武侯梁甫吟，阴霾散去托阳春。情所寄兮分恩怨，歔嘘忠骨我长叹。风刀霜剑芳菲尽，谁人重造开放滩？擎旗难，改革来！　　气吐长虹揽北斗，巍巍事业谒群山。鲲鹏翼下宏图展，沥血夺回威海寰。人虽去，遗愿尚未残，青冥应知慰，如火如荼天地间。

七绝（外一首）

符建五

一

蒙冤长逝廿余年，左氏沉沦已换天。

三自一包兴百业，九泉闻讯应开颜。

二

一卷雄文仔细看，浩然正气壮河山。

当年若不批修养，今日何须肃腐贪。

水调歌头
痛悉刘主席蒙冤长逝

逐鹿中原日，巨擘挽狂澜。不惮龙潭虎穴，奔走拯元元。唤起工农百万，千里风雷激荡，民贼胆生寒！九死心如铁，白发换河山。　荣枯梦，功罪事，说犹难。魑魅谤兴华夏，六字铸奇冤！满腹经纶未展，忠骨悄然一炬，造物太心偏！几许辛酸泪，不敢向人弹。

七律（外一首）

郎革成

可堪举世乱如狂，嗟我神州失栋梁！

三自一包民受惠，千批万斗国遭殃。

呕心著作书无价，汗马功劳史有光。

今日重将修养读，醇醪久窖越浓香。

浣溪沙

历史难移功与过，人民毕竟是英雄，行行字字
写心胸。　　彪炳功勋垂不朽，荒唐岁月去无踪，
长留殷鉴醒愚蒙。

七律（外一首）

刘福田

腥风血雨变沧桑，痛忆当时欲断肠。

冰冻十年遭浩劫，霜飞六月折忠良。

一声霹雳烟云散，九域繁荣日月光。

今夕英灵泉下望，人间春色满宁乡。

卜算子

"文革"起邪风，遍地皆魑魅。六字奇冤变罪魁，竟使长城毁。　国泰雪沉冤，十亿人心喜，是是非非大剖明，风范垂青史。

七律（外一首）

黎兑卿

一夕狂风暴雨侵，漫空阴曀大星沉。

无情烈火终焚玉，始信谗言竟烁金。

百级厉阶摇妇舌，千秋铜像铸人心。

开封不遇包文拯，写到奇冤泪染襟。

卜算子

树大惹风摧，花好招风妒。一夕狂风暴雨来，

摧折知无数。　　十载辨薰莸，兰荾香如故，江上

青峰倒若冰，红日悬高处。

七律（外一首）

吴芗瑞

莘莘奇才世罕俦，腥风血雨共扁舟。

折冲樽俎敦邦谊，燮理戎机镇恶流。

爱党洁身论修养，分羹析釜为民谋[①]。

忘筌煮豆情何亟，十亿丹心哭楚囚。

[①] 分羹析釜：指解散公共食堂。

联　句

怀济世才，具福民志，树建国勋，蒙六字奇冤。世事太乖张，人天同洒伤心泪。　拨"文革"乱，纠法制偏，弘忠良德，享千秋景仰。沧桑归正道，宇宙重辉旭日光。

七律（外一首）

唐润民

历尽艰辛卒灭秦，运筹帷幄绝群伦。

倡言修养期弘道，斥指浮夸务益民。

长恸萧墙生祸乱，剧怜元首竟沉沦。

河清太息人难寿，遗策常随日月新。

联　句

提倡修养，务求团结全民，矢勇矢勤，苟立国家生死以；　反对浮夸，终得证明真理，论功论过，不因祸福避趋之。

悼念英灵

◎ 在北京春节联欢晚会上同各族青年亲切交谈。（1957 年 2 月）

◎ 在中国人民解放军南京高级步兵学校。(1958 年 9 月 28 日)

◎同清洁工人时传祥亲切握手。（1959 年 10 月 26 日）

◎ 同妻子、女儿在中南海照的最后一张照片。（1966 年秋）

◎ 同女儿平平在一起。▷

◎ 同家人及身边工作人员合影。（1960 年 8 月）

坚挺乔松柱人间

狱中惊闻少奇同志蒙冤感怀三首

吕振羽

1968年12月，我在京郊狱中惊闻少奇同志被永远开除出党。缅怀少奇同志半个世纪来为党和人民立下的丰功伟绩，目击林彪、"四人帮"等残害党和国家杰出领导人的滔天罪行，义愤填膺。回忆在少奇同志身边工作期间难忘的日日夜夜和谆谆教诲，感念不已，默成诗三首。十年浩劫，八载幽因，劫后余生，亲眼看到党的十一届五中全会为少奇同志昭雪奇冤，衷心感奋！应《文献》（丛刊）编辑部之约，书此志念。

一

二十世纪"风波"寒，三顶帽子绝代冤；

忠奸功罪全颠倒，吁天辨诬董狐篇①！

二

阜延长途云和月②，夜夜北斗照路前③；

所至"双减"植路碑④，奠基深广开新元。

87

⊙

悼念英灵

三

圣母池边说孔丘⑤，日夜翘首向延安；

普罗党性无杂染，坚挺乔松柱人天！

---

① 吁天：同呼天，无辜受冤，悲愤至极，呼天倾诉。岳飞被秦桧诬陷死，其孙岳珂撰《吁天辩证录》鸣冤。

② 1942 年，随少奇同志回延安，3 月从苏北阜宁单家港出发，12 月 30 日抵延安，长途夜行军，共越过了敌寇严密封锁的一百零三道封锁线。途中参加了滨海区、沙区、太岳区三次反扫荡大战。我和江明同志在《跟随刘少奇同志返回延安》一文中有所叙述。

③ 夜行军时，少奇同志教导我们看北斗、辨方向。

④ 少奇同志返延途中经过了鲁南、鲁西、晋东南、太岳、晋西北等各解放区，所至均阐扬党中央的减租减息政策，在当地党的领导下发动群众和组织群众，经过农民自己的斗争，建立农救、农抗等群众组织，发展民主政权和人民自卫武装，为抗日战争和新民主主义革命的伟大胜利开辟了广阔的道路，打下了深厚的基础。

⑤ 行经山东莒南县某山顶一水池，水面浮有血红色泡沫。当地传说孔子诞生於此，其母於池中洗孔子，血染池水……少奇同志说，池水可能有某种矿物质。并说，这种传说反映出孔子在鲁南一带影响比较深远，也反映了以一家一户为单位、个体经济为基础的社会结构的残余。

悼刘主席少奇同志

郑　直

湘江难洗者冤情，浪卷悲歌下洞庭。

功盖衡山朝北斗，恨沉黄水入冬溟。

一生忧患倾家国，十载忠奸混视听。

天问台前仰天问，花明楼夜雨闻铃。

堕泪吟

叶　柯

摧残民主是非颠，夜雨开封万古冤。

农业承包苏国困，食堂下放解民悬。

四双黑手操刀俎，三面红旗裹铁鞭。

十亿苍生齐堕泪，怒烧左氏斗争篇。

哭 刘 公

李庆久

两论遗书警世钟，安源炬火困苍龙。

危难受命兴残旅，艰苦撑舟战恶风。

奸佞弄权今古似，忠良招祸是非同。

惊闻六字含冤逝，既哭苍生又哭公！

无情历史何堪弄，玩火烧人必自焚！

逆耳忠言原有阂，浮云蔽日岂为真？

失声痛哭惊天地，乱世疯狂泣鬼神。

庆幸春溶三尺雪，九州崛起慰忠魂。

哭刘少奇同志

春 讯

痛定毋忘浩劫时，严寒乃见傲霜枝。

果真历史人民写，十亿神州哭少奇。

私哭刘公

范道熙

已酉（1969 年）春寒。时余身在沅湘间，适值传达、学习"副统帅"政治报告，废黜了国家主席刘少奇，内战方殷，时局动乱。在庆贺和声讨高潮中，作此九歌（本书选四），未敢示人也。悲夫！

一

时人谁颂《笃公刘》，剪柳春风忽九秋。

啼血子规伤苦雨，难排忧患上心头。

二

弥天大勇斗阴霾，宠辱何尝系在怀。

志为苍生驱疾苦，岂辞清白委尘埃。

三

一包三自展雄才，大计凝成费剪裁。

岭上梅花原上雪，一般高洁比胸怀。

四

石头城上月低迷，欲赋蜩螗窃已疑。

敢哭无声诗化泪，江湖漂泊影相随。

悼念英灵

怀悼刘少奇同志

赵南石

文武兼优济世才，含冤逝去万民哀。

长天化作千寻帛，书满长歌祭夜台。

刘少奇同志逝世二十周年祭

杨道平

茫茫世态忒炎凉，史册章章泪几行。

汨水沉沙悲屈子，汴梁秋雨泣刘郎。

十年浩劫罢贤良，历史无私玉尺量。

冬去春来天地转，刘公冢上献花忙。

七　律

刘明远

伟略雄才胆气豪，敢持正义敢擒蛟。

白区斗争开新宇，工运惩顽起怒潮。

创建鸿基千载业，推行善政万民饶。

无端妙质遭天妒，一代元勋痛早凋。

七　律

王运洪

十四年前魑魅狂，阴云蔽日暗无光。

冰封燕市愁千缕，雪压梁园泪万行。

壮志未酬难目瞑，遗文重读更心伤。

赣江百里安源路，苦雨凄风哭栋梁。

七　律

万维岳

运筹国事展经纶，铸造江山历苦辛。

掀起工潮除腐恶，著成修养启文明。

"四人帮"酿萧墙祸，六字冤摧圣哲心。

魂断汴梁千古恨，满天风雨泣忠魂。

七　律

史　鹏

安源工运仗先行，踏遍征途路不平。

两论悔人钦灼见，多年治国秉精诚。

何曾结党分宗派，唯有同仇共死生。

堪叹汴梁辞世日，满腔幽愤向谁倾。

七　律

朱　帆

修养名篇一代尊，艰危瘁尽挽乾坤。

八千里路风兼雨，三十年间夜共晨。

湘水有情悲此日，麓山无语吊斯人。

花明楼畔伤心泪，汨汨滔滔几断魂。

七　律

成与龄

共仰南天一巨星，为民立极写丹青。

花明柳暗人如醉，路转峰回马不停。

自是有心期报国，奈何厄运叹零丁。

只今唯有开封月，曾照先驱不辱身。

七　律

郭志平

齐家治国平天下，除却阴谋百事能。

赤胆擎来新日月，丰功康复病乾坤。

相煎太急同根苦，忍死须臾薤露零。

骨冷鸱夷无姓氏，苍生血泪起忠魂。

七　律

陈基仁

欲来山雨满江城，庶众缄唇愤积膺。

狐鼠同丘奸佞集，人妖颠倒是非兴。

忠贞备受千般辱，哲理频遭万种凌。

平治丰功光史册，百年饮恨失元明。

七　律

陶先淮

遍地牛棚遍地冤，翻云覆雨豆其燃。

弟兄有布难成裤，鸡犬升天便作仙。

障目叶教星日闭，扶轮手把垢污湔。

春秋毕竟人民写，万炬齐烧"左"氏篇。

七　律

陶筱亚

惊雷乍起碎丰碑，万马齐暗事可悲。

风雨同舟初庆济，辅车在御忽乖驰。

卅年虎穴吟袍泽，一旦鸿门咏豆其。

所幸尧天回巨手，神州依旧满芳菲。

七律（二首）

刘德安

一

花明楼畔诞夔龙，元首元勋旷代雄。

遭难愈坚尝胆志，临危何惧打头风。

点燃革命安源火，穿越难关陇海封。

一卷党员修养论，万方歌舞颂精忠。

二

历尽长城白发新，十年动乱倍怆神。

林烟江雾弥漫日，社鼠城狐乱啮人。

不谓承包为国富，翻诬修养是戕民。

那堪领袖含冤死，十亿黎元泪满巾。

七律（二首）

张成信

一

萧墙祸起乱云行，滚滚寒流逼宋城。

破毯透风遮大雪，孤灯摇影伴支身。

那知天意违人意，欲问民心与国心。

三字狱临修养黑，安源矿史也蒙尘。

二

半旗谁不动哀声，冤案虽平恨未平。

三自浅尝研国策，一包初试得民心。

坚持真理赢天下，践踏朝纲逆古今。

是贼是奸人有眼，南来北往泣龙亭。

⊙ 悼念英灵

七律（二首）

郑楷蔚

一

缅怀忠烈众心虔，拨雾重光赤县天。

淞沪周旋迎恶浪，安源号角着先鞭。

"左"风漠漠风难尽，正道皇皇道本全。

改革今沿贤哲路，春华秋实满山川。

二

艰难开国忆曾经，血沃关山纪汗青。

刘邓[①]航程循大道，林江魅影显原形。

天狼星坠人平愤，五鼓鸡鸣梦早醒。

烟树沩江春日永，元元长感玉京灵。

---

① 刘邓：指刘少奇、邓小平。

忠魂祭

姚 莹

底事萧墙起祸端，英雄末路剧堪怜！

出生入死功当罪，图治励精忠作奸。

花见恶冠花溅泪，鸟聆奇辱鸟鸣冤。

十年国耻一朝雪，长治久安赖后贤！

史悟忠良厄运多，四妖称霸又如何？

开基开国遭横祸，先觉先知犯律科。

乱斩椒兰萧艾盛，却扬糟粕宝珠磨。

十年一幕反修剧，万户千家长恨歌。

大木拔兮乃国殇，黎民暗洒泪千行。

国将不国家何在？人已非人鬼欲狂。

污水无端泼白发，重囚何以诉衷肠？

可堪回首十年后，犹有哀歌动我乡。

安源播火气如虹，沥胆披肝搏浪行。

数遇山穷连水尽，终归柳暗复花明。

上苍有眼又无眼，历史无情亦有情。

七绝（二首）

陶俊新

一

终凭实践明真理，结束荒唐"左"氏篇。

追悼冤魂事昭雪，可怜人死已多年。

二

是非成败凭谁定？不赖皇恩不赖书。

只要人民真作主，满天妖雾也能除。

七绝（二首）

陈　立

一

开封有幸留忠骨，历史无私记实情。

水复山重往者是，十年柳暗见花明。

二

英雄死去未为悲，千古悠悠口作碑。

风雨迷蒙心了了，五星旗下苦低垂。

悼念英灵

七绝（二首）

陈 玉 麟

一

元首功高一代尊，妖风起处竟蒙尘。

铁窗多少忧心事，夜月鹃啼自断魂。

二

推倒三山应送穷①，兴邦卓见几人同？

今朝泉下当含笑，历史车轮不负公。

---

① 三山：指三座大山——帝国主义、封建主义、官僚资本主义。

七绝（二首）

汤新民

一

问天无语寒窗冷，斫地哀歌寸断肠。

最是汴梁城外水，至今呜咽诉哀伤。

二

霜寒露冷千行泪，碎玉焚椒事可伤。

西坠东升皆作古，秋风劲草映霞阳。

悼念英灵

七绝（五首）

刘多寿

一

文章事业两辉煌，屈死河南骨尚香。

度过严寒杨柳绿，人间方敢重刘郎。

二

六字含冤万姓哀，风波亭畔响惊雷。

不平鸣自靳江水，带怒涛声入耳来。

三

忍听忠魂泣夜台，沩山沩水尽含哀。

黄花亦恨红羊劫，岁岁冲寒带泪开。

四

白区经验问谁如？遗墨犹存字字珠。

一代元勋罹浩劫，阎罗能不愧颜乎？

五

海南风卷奔涛急，珠穆峰高耀紫微。

泉下有灵应笑慰，中华经济正腾飞。

七　绝

欧阳笃材

万家烟火解冰封，起死回生又一功。

临死犹为民作主，古今能有几人同？

悼念刘少奇主席

徐折桂

青史何为者，元戎叹白头。

冤沉三字狱，人去十年秋。

泪湿中原土，魂销故国楼。

赤心谁共诉，风雨黯神州。

六 言 诗

邬惕予

岂但一人功过，攸关民族危安。

历史无情太甚，是非谁与评谈。

铸就千秋冤狱，崩颓半壁江山。

留下满腔遗憾，便教日月无颜。

金缕曲

许萃华

虎穴运筹久。历艰难、漫漫长夜，九州奔走。反帝反封先导好，学运工潮旗手。抒大略，善攻能守。旋转乾坤风云会，算桩桩，使命临危受。谈笑里，破群丑。　　欣逢建国新时候。展宏图、更担重任，国家元首。民瘼关怀纠极左，岂料因之蒙垢！莫须有、竟难申剖。想是神奸遭天讨，史无前、折戟沉沙锈！遗愿续，公知否？

忆秦娥

仲芜

西风烈，巍巍天柱惊摧折。惊摧折，长城凝恨，黄河呜咽。　　是非黑白凭谁说，宏图未展身先殁。身先殁，国人悲悼，泪倾如血。

虞美人

王笃业

山河依旧风光好，艰苦谁知晓？难逃劫难叹刘公，往事兴怀犹感有腥风。　　遗书修养千钧力，壮志云天碧。豪情浩气鉴丹心，怎奈无常天道不容君。

满江红

朱振文

浩劫频年，神州地，乌云蔽月。怅回首，烽烟处处，栋摧梁折。赤县秃颅操党柄，京都四丑承妖钵。逞阴谋、元首惨罹殃，流丹血。　　奔雷迅，妖雾绝；四害伏，群歼灭。看沉冤十载，一朝昭雪。历史重修光国纪，丰碑矗立铭功烈。泪盈眶、杯酒奠忠魂，心悲切。

贺 新 郎

常友芳

靳水金波澈。看汈山，苍松翠柏，晚霞轻抹。今日花明春正好，铁臂银锄歌悦。真道是、黄河清彻。体察寒温情甚切，仰遗容，父老低声咽。重进酒，对明月。　　关河路断亲人绝。想当年，奇冤六字，齿寒唇裂。岂是功高身应死？忍看骨灰如雪。三自策、人民凭说。鹃鸟还知许恨，一声声、泪尽长啼血。风浩荡，虎狼灭。

悼念英灵

长亭怨慢

庞自雄

剑魂断，开封寒颤。万户千家，那知君难？雪舞中原，雨淋华夏，泪河满。地天齐暗！群小贵，精英贱。众鬼怪妖魔，竟搅得神州全乱！奋战。一生凭马列，振臂把工农挽。翻山越岭，举大纛，急驰高喊。数十载，赤胆忠心，树修养，躬亲垂范。敌也惧三分，何料祸生身畔！

信手令

孟驰北

千载青史，最堪痛：斑斑忠良泪，凝就块块碧血。十年浩劫铸新错，巨星蒙垢遭黜，恨绵绵倾海难濯。多少凄风苦雨夜，纵谈间，低徊叹嗟，暗唤奈何！公报舞东风，催绽心花十亿朵。云翳净，报端再现英名，老眼昏花，惊喜又睹明月。董狐笔，书就历史功过。当镂刻，莫忘却。屈子怨，龙逢恨，从此已矣，永绝人间冤孽。喜看今朝，青云载俊杰，经纶老手，整顿乾坤事堪托。天下归心，众志腾，同心干，再造山河。

沁 园 春

喻忠丽

　　蕲水花明，诞育刘公，爱国爱民。痛炎黄后裔，低眉俯首；内忧外患，国土瓜分。负笈离乡，追寻真理，誓挽危亡不顾身。征鞍急，恰风华正茂，满腹经纶。　　从戎北上南奔，冒弹雨枪林廿春。喜共和建立，雄才得展；安邦治国，夙愿初申。横祸飞来，打翻在地，身上临终有脚痕！难平恨，纵奇冤洗雪，何处招魂？

西江月（二首）
参加少奇同志追悼会有感

周一萍

一

往日亲聆教诲，今朝忍见遗容。十年浩劫梦魂中，痛定思来恨重。　　立党殚忠竭智，为民尽瘁鞠躬。毕生亮节又高风，万代千秋歌颂。

二

倚马挥师东进，激流力挽狂澜。军威重振气如山，顽敌闻风丧胆。　　盛德长垂青史，英名永志心间。春风化雨洗沉冤，正遂人民意愿。

满江红（二首）
敬悼刘少奇同志

吴丈蜀

一

万目神州，民涂炭，百年衰苶。看志士，改天换地，满腔热血。一世服膺惟马列，献身革命心坚决。历千辛万苦斗争长，无时歇。　　长沙图，辽沈狱；头可断，标高节。导燎原学运，工朝炽烈。翊赞中枢多建树，国家大计资谋略。为人民解放立丰功，难磨灭。

二

立国艰难，躬擘画，良规善策。怎料到，四凶作乱，十年浩劫！坏事千般全干尽，人妖颠倒凭谁说！谋夺权蓄意毁长城，何残虐！　　狐狼辈，招蛇蝎；喷血口，横污蔑。幸降魔铁杵，驱除妖孽。毒雾已随风扫去，沉冤此日终昭雪。放悲举国哭元戎，魂来格。

金缕曲（二首）
敬悼刘少奇同志

吴丈蜀

一

挥泪怀先烈。忆当年，空拳只手，乾坤变革。几度铁窗经考验，不失英雄本色，志不改丹心坚决。学运燕京燃烈火，安源矿更引怒潮发。江汉浒，针锋敌。　江淮运筹才卓越，苦斗争，寇师溃败，伪奸颠蹶。抗战功成来不易，四处硝烟复炽。党政军多凭谋策。宵旰何辞心力瘁，看反动王朝终覆灭。功不朽，昭日月。

二

　　历史开新页。旧山河，疮痍满目，待兴百业。辅弼中枢资臂助，费尽许多心血！革命家恢宏气魄，狐鼠夺权谋篡党，加构陷手段何卑劣！功翻罪，尧为桀。　　动乱十年成浩劫。千夫指，群魔落网，灾消祸绝。拨乱从头臻反正，一大奇冤昭雪。喜音传全民欢悦。此日九州皆缟素，悼元勋亿万同呜咽。成四化，慰英杰。

沁园春（外一首）
悼少奇同志

涂怀珵

报载：少奇同志1967年7月18日被隔离后，为减少党的损失，人民的灾难，喊出"一切的'错误'由我来承担！"请求早日结束那场"革命"。

底事惊心？造神焚籍，延水断流！叹群黎盲动，谁生谁死；中华醉舞，何去何留？奸佞遮天，忠良入狱，如此奇冤怎得休？头飞雪，击铁窗怒吼："莫搞阴谋"！　　监差问"有何求"？"只咎我中南海内刘！""倘床溅尔血，能无遗恨；衣痕女泪，可忍离愁？""兰考焦公，红岩江姐，与我同怀千岁忧；将身舍，免长期浩劫，苦了神州。"

满 江 红

再悼少奇同志

报载：少奇同志 1969 年 11 月 12 日屈死开封，遗体被搁置在银行地下室的过道上，近半尺厚的铁门锁上了。

何处容身？借一角暗廊歇歇。听寒夜，风声似鼓，民心如沸。试赴黄泉途不识，欲归长岛笼难出；愿投身四海怒涛中，化为碧！　　寻瘦影，忆华发；延塔望，汹江泣："这莫须有罪，谁来昭雪？"三字难平千古恨，一魂应上九天阙。幸汗青自有人民书，请安息！

闻刘主席被揪斗书愤（外一首）
（1966 年）

欧阳觉吾

朝为元首暮为囚，天理何存宪法休。

小将翻天谁管得，可怜沧海任横流！

瞻仰刘主席故居

劫后三春日，瞻怀仰止诚。

兼天风雨泣，载道口碑声。

匾在民心在，功宏德泽宏。

靳江欢奏曲，柳暗又花明。

七律（外一首）

丘丹青

尧天柱折几冬春？有幸江山扫乱云。

华发慈颜长记忆，鸿篇巨制久珍存。

心花洁素祭先哲，泪雪殷红警子孙。

恸哭元勋魂欲断，凭轩翘首仰昆仑。

满 江 红
红五月祭少奇同志

盖地铺天，榴花雨，庚申五月。凭吊处，不堪回首，十年浩劫。元首忧民蒙秽垢，忠良谋国遭黥墨。世风衰，禹域尽囹圄，何昏黑！　　莽朝梦，已烟灭。秦政治，从今歇。看新星灿灿，神州烨烨。心底宏图多壮丽，人间系念尤真切。请先贤，激励远征夫，壮行色。

七律（外一首）

刘凤章

楚山雄峙仰吾沩，人杰咸崇缔国魁。

功德嘉言垂不朽，帝官封建碎成灰。

十年魑魅罡风起，六字囹圄泪雨飞。

邦定乱平星北拱，九天含笑醉仙杯。

联　语

建国树鸿猷，四孽嚣张，说什么工贼内奸，三罪谗诬冤假错；　　新民崇马列，万言洋溢，最难得修身养性，千秋唯物论真诠。

昭雪赋

◎ 1980年2月23日—29日，中共十一届五中全会作出《关于为刘少奇同志平反的决议》，决定恢复刘少奇同志作为伟大的马克思主义者和无产阶级革命家、党和国家的主要领导人之一的名誉。

◎ 王光美和子女喜读中共十一届五中全会公报。

读中共十一届五中全会公报
为刘少奇故主席平反昭雪事志感

赵朴初

刘公冤大白，万户鸣爆竹。

事之得人心，如旱获雨足。

禾苗亦有情，焦枯出新绿。

况乃非常变，旷古无此局。

朝为亿民尊，暮陷三字狱①。

忠勋遭丑诋，锻炼极险毒。

那惜名器重②，挥手姿戳辱。

法纪遂荡然，群奸坏风俗。

谁云天不坠？几致邦家覆！

煌煌五中会，扶桑日出浴③。

罪已启虚怀，光明照幽谷。

实事求是心，红旗瞻肃肃。

举错得其宜，四方无不服④。

以此导长征，风樯料稳速。

逝者不可追，来者犹可赎。

刘公如有知，万象悦心目。

---

① 人问秦桧岳飞之罪状，秦答："莫须有"，世遂称岳飞冤案为三字狱。"莫须有"是"可能有"，"说不定有"之意。

② 意为不爱惜国家元首的名号、地位（名气）之重要性。

③ 古神话：扶桑有汤谷，十日浴其中。

④ "举、错"意相当于"用、舍""任、免"。《论语》：举直错诸枉则民服，举枉错诸直则民不服。

缅怀少奇同志

舒传宁

月孤狂犬吠，星陨大荒寒。

嫉世龙蛇混，谋皮鬼蜮欢。

冤奇空圣代，死屈有青山。

且喜阴霾散，还公一片丹。

为少奇同志平反昭雪赋感

(1980 年 3 月 2 日)

冈　夫

革命坎坷路，斯人最不平。

白区历尽险，红宇转颠倾。

位极遭谗忌，功高成罪名。

党风轮奂日，千载正其旌。

历史还真面，风光日益新。

少奇恢令誉，老干服真心。

岂有害人者，独能善一身？

君看耻辱拄，戛戛钉何人？

感　事
欢呼五中全会为刘少奇同志平反

辛　笛

后乐先忧为国谋，何期忍辱竟成囚！

郊原六月惊飞雪①，天若有情天亦羞！

残躯裹被叹无裤②，长夜沉冤敢论存！

一十四年阶下客，东风吹绿到泉门。

谁教当年口铄金？萧萧万马一齐喑！

人间自有春秋笔，红日中天照茂林。

清明过了更清明，善妒工谗只自黥！

党纪无私公道在，域中今日尽豪英！

---

①　元关汉卿《窦娥冤》剧中唱词有"飞霜六月因邹衍"句，故此剧在京戏中题名为《六月雪》。

②　参见 1980 年 3 月 8 日《文汇报》有关王光美同志谈到刘少奇同志的通讯报道。

为刘少奇主席歌

中共中央为刘少奇同志平反的决定传来彻夜不眠长歌当志。

(1980 年 9 月 29 日)

焦多福

月朗华灯上，轻风拂星辰。

忽然天地动，云霄震金声。

聆听犹未竟，心血早沸腾。

举杯呼老幼，隔墙唤四邻。

四邻齐唤我，对天祭忠魂。

老幼婆娑起，陶然沐春风。

春风过高山，春风入密林。

春风拂江海，春风上碧云。

五岳吐霞霭，晃朗天水红。

溪壑成激越，长河做潮涌。

花明楼头月，杨家岭上星。

黄浦千般彩，开封万道金。

八方笙箫起，九天披长虹。

灿灿满神州，处处招国魂。

魂兮快来归，奇冤今已平。

魂兮快来归，举国大欢腾。

高擎二杯酒，畅快向春风。

春风如人意，迎接开国臣。

总理健步来，朗朗总司令。

彭总鼓且呼，陈毅壮诗魂。

幽默张闻天，贺龙发豪情。

董老和谢老，携手徐徐行。

陶铸捧新作，吟哦正出神。

墨迹馨香在，少奇之殊勋。

粤汉举义旗，安源播火种。

羊城留伟绩，京沪建丰功。

虎口运绝计，从容布天兵。

常常伸正义，为民解倒倾。

常常举慧剑，魑魅化埃尘。

常常战群顽，能教愚昧醒。

常常亲胝胼，扎根在基层。

常举回天手，艰险化坦程。

常激换天志，乘风破浪行。

潜心学弥笃，马列功夫精。

真理握在手，国情熔乎胸。

运用称机妙，所向存一心。

伟哉我少奇，全党称标兵。

盛典开基业，国立世界林。

民兴浩浩业，党成恢恢功。

呕心为国计，立根在于民。

优先起经济，锐意振根本。

生产第一位，奖励工和农。

提倡学政治，能指方向明。

提倡学科学，不做糊涂虫。

提倡荐真才，选贤授异能。

提倡勤和俭，摒绝纨绔行。

提倡作公仆，俯首为黎民。

提倡讲民主，人之尊严崇。

⊙ 昭雪赋

提倡施法制，社会存准绳。

提倡重修养，蔚然成文明。

工人奋其力，农民乐耕耘。

兵士恪其守，商营畅其通。

文作百花放，术乐百家鸣。

行行出状元，人人攀高峰。

事业蒸蒸上，面貌日日新。

民不患饥馁，路无幽咽鸣。

党政军民学，相谐风气清。

东西南北中，遍地乐融融。

铁肩担道义，开诚睦邦邻。

宾至如来归，彼岸鼓瑟琴。

遐迩称华夏，起飞腾巨龙。

环宇赞少奇，卓卓是杰灵。

不料狂风起，地覆天亦倾。

四逆称霸道，悖谬能横行。

堂堂文明国，斯文扫如尘。

浩浩我广袤，"地震"不安宁。

奸佞腾云表，斧钺加诚臣。

痛哉我少奇，参天大树倾。

国贼窃窃笑，虎将作哀鸿。

地下喷怒火，人间愤慨同。

天亦民之天，民心何所忍。

地亦民之地，砥柱立如林。

一声惊雷起，党是擎天人。

顽逆终有报，历史鉴真形。

伟哉我少奇，又如箕斗明。

光芒烁烁射，照耀后来人。

斟满三杯酒，犹比杜康醇。

我党大胜利，英杰聚紫禁。

先烈能笑慰，黎元如葵倾。

兴利除弊害，洗雪玉上尘。

拨乱反之正，求实主义真。

此乃民之福，此亦党之荣。

全党而同德，全民能同心。

宏图振兴计，前途大光明。

万众奔四化，浩荡一条龙。

伟哉我少奇，奕奕迈步行。

谁谓离人间，永在人民中。

七　绝
读报喜赋一首

张　白

百丈寒冰十载封，五中全会化春风。

如今历史人民写，还我刘公不朽功。

刘少奇同志平反
喜赋七绝二首志感

荒 芜

一

是非功罪在人间，一手能遮半个天？

论定盖棺尊历史，万家生佛颂今年。

二

今朝喜读《平妖传》，万户千家热泪滋。

花鸟也应通正气，黄莺飞上腊梅枝。

五中全会为少奇同志平反感赋

狄兆俊

十载沉冤一旦申，欣看大地又回春。

岁寒然后知松柏，世乱翻能识鬼神。

矿井早成英杰志，铁窗益见性情真。

案头《修养》长年绿，杨柳迎风色正新。

喜闻故乡花明楼为刘少奇同志平反举行庆祝大会感慨

龙景和

六字曾将二字更①，方山乌角重千钧。

惊心动魄云翻雨，吐气扬眉雾转晴。

莫使高扬遮柳暗，应扶绿叶护花明。

此身本是离乡客，心有灵犀一点情。

---

① 二字：指"同志"。

闻少奇同志平反

严立青

未必封棺即定论，沉冤自有万民伸。

十年浩劫将倾国，一梦糊涂妄整人。

祸起萧墙堪足鉴，车行正道本宜遵。

邓公悲悼言真切①，声达黄泉慰屈魂。

———————

① 1980 年 5 月 17 日，中共中央为刘少奇同志补开追悼会，邓小平同志致悼词。

听补开追悼会广播感赋

房蔚棠

乍听惊雷泪满裳，十年世事感荒唐。

经离道叛谰言涌，玉碎珠沉鬼蜮猖。

谬误岂容欺世久，勋劳自可共天长。

乌云尽扫魂堪慰，遥向开封酹一觞。

深沉的思念

陈其安

五中全会春雷鸣，最大冤案今日平。

十亿神州齐欢庆，我思刘公泪纵横。

今日思公难见公，回首往事正英名。

白区斗争震中外，降龙伏虎立殊勋。

喜谈大陆得解放，日理万机为国荣。

蒙冤深重不鸣冤，堪称我党一完雄！

十年乱后人心散，靠啥来把众心统？

党的教诲当为首，《修养》一书应推崇。

今读《修养》泾渭明，越读越觉是正宗。

今人"三信①"靠它树，党风不纯靠它整。

长征路上慰英灵，心香一瓣表真诚。

待到四化瞳瞳日，再赋长诗告刘公！

———————

① 三信：指信仰、信任、信心。

回　思

童文祥

回思犹自觉心寒，元首囚徒转瞬间。

云乱苍天遮白日，浪翻沧海倒狂澜。

乌啼深院忠魂泣，雾黯荒山晓梦残。

千古奇冤终洗雪，朝晖依旧满人寰。

怀念少奇同志

丁　令

丹心亢节英雄气，缅想音容一肃然。

稀世奇冤公负屈，弥天浩劫史空前。

江山万里留功绩，姓字千秋耀简编。

动地风雷驱宿雾，已消遗恨应长眠。

悼刘少奇主席

过林川

星陨寒夜辉尚在，山河痛悲泣无声。

刘公今朝奇冤雪，丰碑已树万民中。

悼刘少奇同志

关守身

是非功罪岂无凭？历史千秋有定评。

美玉碔砆①终鉴别，明珠薏苡自分明。

毕生战斗遭诬陷，一代元勋被恶名。

十载沉冤得昭雪，九州称快颂清平。

---

① 碔砆（音武夫）：似玉之石。

谒刘主席故居

刘　牧

群魔舞罢见升平，多少文章血染成。

血战途中修党性，颂歌声里体民情。

东窗乱发三枝箭，青史重书百世名。

莫信浮云终蔽日，霞光万道照花明。

千古奇冤哭少奇

许　树

千古奇冤哭少奇，那堪回首忆当时。

人妖颠倒浑如戏，黑白无凭任染丝。

自有丹心昭日月，终教青史雪诬词。

十年一觉荒唐梦，教训长留后世思。

七　律

刘　岳

出生入死志弥坚，力挽狂澜解倒悬。

信仰崇高宗共产，英明不朽著名篇。

满腔热血腾河汉，一片丹心媲圣贤。

今日清源兼正本，云消雾散见青天。

七　律

曾祥麟

开国元戎旷世勋，久经风雨沐征尘。

白区旗帜标青史，修养雄文耀北辰。

耿耿忠心匡社稷，昭昭政绩福人民。

妖气平靖兴邦业，告慰英灵酒一樽。

七　律

龙思忠

狂澜力挽想当年，搏浪中流奋臂先。

推倒三山①匡伟业，恢弘两论②著宏篇。

冤沉六字霜飞六，泪洒千秋恨饮千。

毕竟乌云难蔽日，神州春满仰前贤。

---

①　三山：指帝国主义、官僚资本主义、封建主义三座大山。
②　两论：指《论共产党员的修养》、《论党》。

七　律

汤有光

逐鹿中原挽陆沉，天将大任降斯人。

心忠马列严求是，身系工农志革新。

两论雄文全党鉴，一生正气万民尊。

奇冤六字终昭雪，光照神州处处春。

七　律

何鸿波

岁月峥嵘浩气横，神州春色血凝成。

持椎伏虎长征路，摛笔修文百世征。

治国宏图唯务实，拯民良策达人情。

奇冤六字终昭雪，青史长标不朽名。

七　律

邹息云

丹心碧血荐轩辕，致富驱贫早探源。

工贼叛徒真笑话，国家主席负奇冤。

已伸正义昭青史，应铸权奸跪墓垣。

路线分明说刘邓，英灵永佑我元元。

闻刘少奇同志蒙冤昭雪感赋

（三首）

李俊侔

七 律

炮击神州草木凋，街头辩论动枪刀。

深山浓雾天难见，碧海狂涛地欲摇。

劫火焚书灰未冷，权奸毁绩誉偏高。

愁看黄浦风云恶，何日春回换旧潮。

七 绝

黑云滚滚暗开封，风雨无情折老松。

包拯纵生难执法，奇冤总是古今同。

七 绝

东风浩荡扫残云，春满乾坤喜放晴。

不白沉冤终大白，红旗半降吊英灵。

沁 园 春

熊 复

怒吼如狮，催人肺腑："莫搞阴谋"！惜造神狂起，奸徒塞路，中华变色，沧海横流。首饮其锋，无辜受辱，一代忠良成楚囚。岂曾料，竟焚琴煮鹤，不辨薰莸。　　往事悠悠，功傲千秋。有遗爱五湖四海留。记安源风暴，尚存英气；皖南危局，尤著鸿猷。耗尽豪情，销残热血，一片丹心系九州。莫忘却，纵奇冤昭雪，教训何求。

千 秋 岁
为平反刘少奇同志冤案喜赋

强晓初

杨柳袅袅，春光无限好。人起舞，天含笑。把最大冤案，今朝平反了。人去矣，不朽功勋天下晓。　　长征有前导，何惜风霜饱。再向前，迅步跑。更团结奋斗，争分夺秒。奔四化，神州跃上金光道。

149

一剪梅

喜闻少奇同志冤案平反

周德民

昨夜春风过小桥，山也香飘，水也香飘。社员一路喜相邀，脸泛红潮。心起欢潮。　　老少相逢笑语豪，歌唱声高，说话声高。都庆刘公冤案销。男也欢饶，女也欢饶。

浪淘沙

少奇同志冤案平反喜赋

沈其震

佳节闹元宵①，人涌春潮。千家万户笑眉梢。大喜遍传深处暖，信有今朝。　　往事已迢迢，折桂焚椒。壮怀依旧薄云宵。昼夜如斯看逝者，心自昭昭。

---

① 刘少奇同志平反恢复名誉恰值农历庚申年元宵节。

满 江 红
怀念刘主席

蔡山桂

湘水当年，怒潮涌，中流击楫。惩腐恶，中原逐鹿，轰轰烈烈。沥胆披肝催旧垒，出生入死驱倭孽。秉中枢、济世展奇才，倾心力。　　六字罪，如蛇蝎；千城毁，三江咽。负沉冤十载，终于昭雪。革命元勋功不朽，人民主席名难灭。倩丹青、巨笔画凌烟，标英哲。

渔 家 傲

齐鲁青

欲挽沉沦倾热血。反封倒帝坚如铁。荡尽妖魔烟雾灭。黎民悦，天安门上红旗挈。　　革命征途经曲折。十载含冤终得雪。壮丽山河前景阔。怀先烈，功耀千秋光日月。

虞美人
重读《修养》书

徐味之

奇冤十载平反了，感慨知多少？神州大地又春风，浩劫不堪回首梦魂中。　重温《修养》豪情在，青史谁能改！宏图四化解千愁，再度长征人物数风流。

定风波

五中全会公报发表，喜而有作。

孟　扬

喜听春雷震耳声，欢呼传告未消停。鬼蜮伤人终射影，难逞。浑金璞玉总铮琮。　巨手撑天真若定，堪庆。萋萋芳草笑相迎。瞻望遥方青翠处，飞去。层楼更上趁新晴。

沁 园 春

王维立

极左思潮，瘴气乌烟，人鬼相邻。斥抢抄打砸，累累血债，黄粱美梦，毕竟成尘。浩劫十年，无穷冤案，当日何曾黑白分。流年换，喜东风解冻，拨乱更新。　　今朝胜友如云，只遗恨当前不见君。看旧居扩建，花明柳暗，巍然遗像，仰止人群。昭雪沉冤，澄清视听，举国欢腾正义申。欣改革，正前程似锦，共庆回春。

水调歌头

孙 涛

　　或死千秋颂，或死一毫轻。神州星陨，天河倒挽酹忠灵。忆昔腥风血雨，攘臂八方奔走，史册记峥嵘。岂期天也妒，夺我栋梁英！　　山长恨，江长怒，海长鸣。奇冤千古，悲歌当哭总关情。正值雄心英发，欲展经纶治国，失水叹鳣鲸。域内寒烟散，日月九州明。

木兰花慢

戴兰斋

为神州大业，精筹策，苦经营。正国运中兴，民心渐顺，岁月峥嵘。何因？风云突变，痛苍天，一夜坠长星。忍听悲歌阵阵，愁看泪雨纷纷。　　原知形影隔幽明，难与诉衷情。向炭子冲头，心香一瓣，遥奠英灵。重温，斯篇修养，喜如今，字字化甘霖。四海同沾恩泽，九州共仰贤名。

念奴娇

罗志钧

鏖霜斗霰，转乾坤，一代风流人物。唤起工农，掀巨浪，直捣龙潭虎穴。赤帜高擎，群魔尽扫，信念坚如铁。三山倒去，普天同庆连捷。　　十年浩劫横来，薰莸莫辨，痛栋梁摧折。庆父根除排鲁难，玉宇云消烟灭。大地回春，晴岚万里，千古奇冤雪。苍松挺翠，九州皆仰公节！

百字令

张大颠

　　风云激荡，磨练了多少英雄豪杰。蹈火赴汤，为革命历尽艰辛岁月。敌后争锋，疆场角逐，呕尽心头血。持衡操柄，跨登强国行列。孰料极左思潮，中伤诬陷，批斗无穷歇。备受流离饥饿苦，有理向谁评说？日月重光，乾坤再造，冤案终昭雪。临风醴荐，人民怀念英烈。

［北曲双调］ 雁儿落带过得胜令

读中共十一届五中全会公报有感

姜书阁

云翻雨覆天，黑白难分辨；江河万古流，一霎青山见。颠倒混奸贤，遗书藏壁间①；今日得昭雪，重读转新鲜。双肩，哪怕千斤担？余年，身强志更坚！

---

① "文革"中作者被禁闭抄家，而密藏《论共产党员的修养》幸存未毁。

散曲（二首）

寇育彬

一
颂五中全会

大地春回，万木竞发，挺拔参天大树。忧人心，浩劫刚过，岂堪再遭颠覆。喜今朝，红烛高烧，举杯齐祝福。选贤任能，顽石终让路。流水落花随人意，天公任摆布，春光从此常驻。广厦万间，赖有擎天巨柱。九州生气，三代才华，数多少风流人物。

二
悼少奇同志

采薪东山，种菜南圃，坎坷两历寒暑。疲心志，劳此筋骨，得君一书相助。不堪言，大地蒙冤，群黎共悲苦。虎伥狼狈，骂名存千古，苌弘碧血犹在目，论是非功过，而今人民评述。高风亮节，口碑赛过华柱。万众景仰，百世流芳，昭日月英明永著。

水龙吟

贺　苏

中共十一届五中全会为少奇同志平反昭雪。千古奇冤，不朽忠魂。集稼轩句，成词一首，遥寄云天，以表哀思。

眼前万里江山，几人真是经纶手？刘郎才气，太平长策，文章山斗。湖海平生，江南江北，风云奔走。看惊弦雁避，中州遗恨，恨难说、沉吟久。　　千古忠肝义胆，去悠悠，神州沉陆！无端风雨，一番狼藉，可堪回首！唤起湘累，东风消息，黄鸡白酒。愿年年，带得无边春下，满庭清昼。

俳 句①

喜读五中全会公报，感赋。

公 木

像旭日升起，

像真理一样诚实，

像诗一样美。

这心是红的，

与民心一起跳动，

这话是真的。

真理靠实践，

冤案再大也平反，

阴霾终驱散。

把历史真实，

在还给真实历史；

"刘少奇同志！"

为什么仅仅，

叫一声，就会使人

不禁泪纷纷？

这名字不只，

代表着一人，而是

老一辈整体。

老一辈党人，

沉冤屈辱受欺凌，

革革革革命。

噫，又何足论！

如果不把水搅浑，

怎么会澄清？

历史是杆秤，

时间便是定盘星，

是非不容混。

历史最清醒，

是假决不能乱真，

良知不容泯。

历史的良心，

容不得半点迷信，

权威等于零。

像人的眼睛，

容不得一粒微尘，

事无关"信任"。

炮打司令部，

我们谁不曾欢呼，

怎奈是盲目。

历史有良知，

说什么"信任危机"，

只要不自欺。

那过去了的，

已永远成为过去，

付够了学费。

付够了学费，

学会了一条道理：

要实事求是。

要实事求是，

就是按规律办事，

像公报说的。

名誉要恢复，

耻辱钉在耻辱柱，

这就是规律。

话说的真实，

不回避也不夸饰，

这也就是诗。

———————

① 俳句是日本诗体的一种，一般三句十七音组成一首短诗。首句五音，次句七音，末句五音。又称十七音诗。

追思

◎ 在中国共产党第七次全国代表大会上作《关于修改党的章程的报告》。
（1945 年 5 月）

◎ 在陕甘宁边区劳动英雄及模范生产工作者代表大会上作报告。（1943 年）

◎ 回到家乡湖南宁乡县和毗邻的长沙县农村调查研究了解经济困难的真实情况和农民的要求。图为召开农村基层干部座谈会。

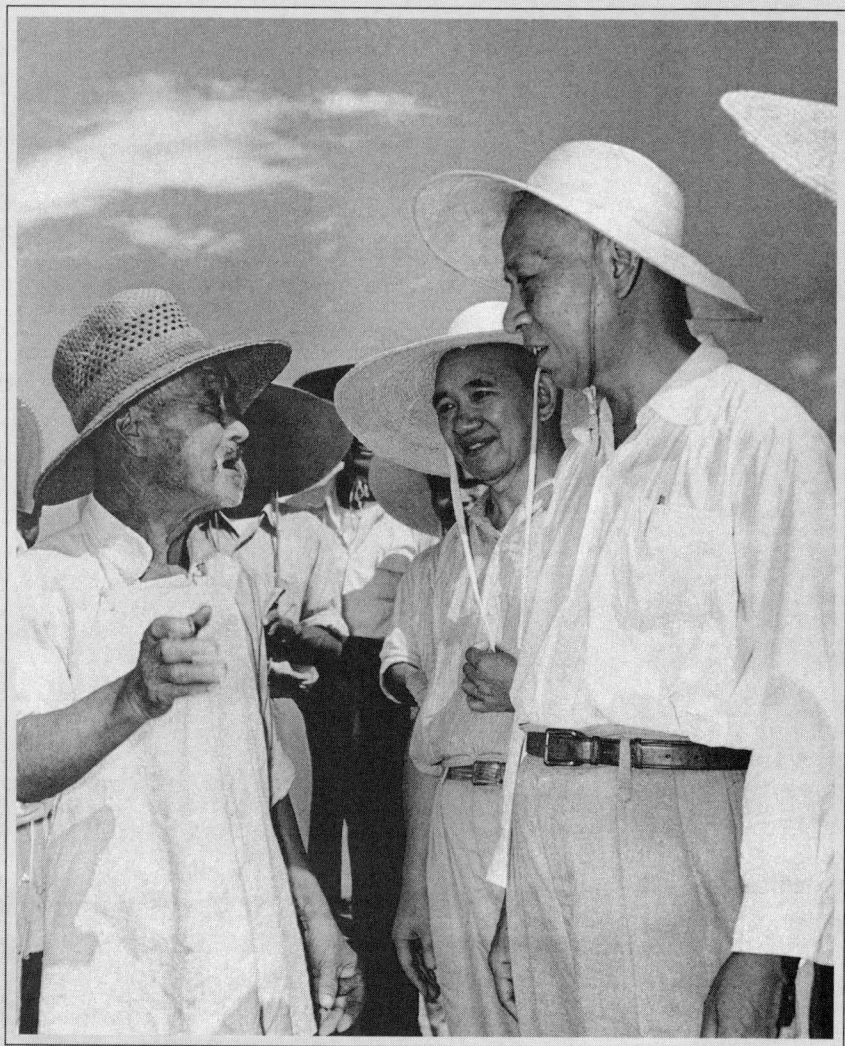

◎ 在河北成安县同植棉老农交谈。（1958 年 9 月）

东进，东进，再东进！

刘瑞龙

1939 年 9 月，刘少奇同志由延安返回竹沟中原局。以后又深入敌后，与陈毅同志一起开展了华中敌后抗日战争的新局面。口占一律，以缅怀先贤，并志伟绩。

旌旗慷慨出潼关，

远拓华中破阻拦。

抵掌纵谈东进策，

排顽抗敌路途宽。

南征北战跨苏皖，

跃马横刀大别山。

擘划江淮全局定，

凭临泰岱指东南。

听少奇同志为华中局党校讲课

吕振羽

1941 年夏，华中反扫荡战大胜后，少奇同志即在华中局党校讲课，讲了《中国革命的战略和策略》，《共产党员组织纪律的修养》，《人为什么犯错误?》等重大问题，干部不断地同声说：真开脑子!

三千俊彦集汪朱，

胜败廿年识真诠。

贯彻行知师马列，

运筹韬略迈前贤。

发扬大政名实质，

心怀人民转坤乾。

干部同欣"开脑子"，

春风荡漾大江天。

相 见 欢
送刘主席访问朝鲜

赵朴初

千寻鸭绿江深，弟兄情。和雨和风欢送一程程。　　长白骨，上甘血，证斯盟，月阕星河携手好同行。

◎ 追思

访渑池刘少奇旧居[①]

吉贤林

渑池胜地古城东，海露长街声望隆。

昔日刘公曾暂住，点燃火炬照苍穹。

---

① 1938 年少奇同志调任中原局书记，赴任途中，曾在渑池海露大街窑洞小住，并首次作《论共产党员的修养》报告。（据《渑池县志》）

西江月（二首）

怀少奇同志

　　刘少奇同志的冤案已白，特抒怀以志，解放战争期间，少奇同志从延安转移到河北平山，曾向我们论述敌之东西重点进攻的瓦解。

魏传统

（一）

　　闻捷收拾莱芜，又传解放济南。滹沱河边漫步谈，喜看秋色飞雁。　　胡马延安逃窜，刘戡授首宜川。远望淮海起烽烟，共尝香蘑清淡。

（二）

　　浩气贯通五岳，党论相闻四邻。烟波翻腾又一新，春风拂来高韵。　　昔访宁乡故里，修养最富盛名。诋毁终于辨伪真，乾坤莫再浑沌。

刘少奇同志到皖东

谢 震

万里征轮莅皖东，何堪蒿目尚狼烽。

运筹帷幄风雷震，扭转乾坤胆略雄。

力共陈黄[1]辟苏北，功标竹帛定华中。

狂澜急挽翻危局，七路神兵出不穷。

---

[1] 陈黄：指新四军陈毅、八路军黄克诚。

曲阳代代颂胡公[1]

杨授之

解悬拯溺建奇功，铁马金戈到皖东。

半截筹谋棋局定，一肩烽火战旗红。

中原会议铭青史，大将风华惠众生。

踏遍乡关留足迹，曲阳代代颂胡公。

---

[1] 曲阳，定远县旧称。胡公即胡服，少奇同志化名。

访重庆潘家坪少奇同志逗留处感赋

安柯钦夫

淅淅沥沥夜雨声，轻轻瑟瑟绿竹风。

灯光彻夜未曾灭，伏案运筹画图宏。

心底无私高天阔，胸襟有志皎月明。

神州千军奔四化，征途报捷慰英灵。

一篇《修养》意情真

周　道

一篇《修养》意情真，党德民心赖共遵。

初学传知开闭塞①，芳箴指引纳清新。

烧身野火人遭劫，误国狂飙典被焚。

力挽回澜消雾瘴，重温宏论起沉沦。

———————

① 1948年辽沈战役中，作者率部投诚，在整训中初学《论共产党员的修养》，受益殊深。

少奇同志在皖东

郑福华

皖东逐鹿出群材，圣地延安重任来。

抗日烽烟燎遍野，驱顽浩荡涤尘埃。

一言九鼎中原会，众口高呼民主开。

祸起萧墙千古恨，长歌当哭世人哀。

武汉始建职业教育机构，有怀少奇同志

成应琭

喜看职教著新猷，鼎鼎元勋尚忆刘。

灼见记论双轨制，树人早有百年谋。

不堪浩劫风波起，坐致良时逝水流。

河岳日星遗泽在，酸心旧梦说蚍蜉。

农民怀念刘主席

陈铭烈

跃进难忘五八年，兵团作战乱耕田。

按劳分配劳偏贱，并食同居食不全。

产量未增文上凑，人心不满腹中喧。

如今改革加开放，公到农村定莞然。

乡亲挥泪问苍穹

易凤葵

1979 年 10 月，作者带着少奇故里乡亲的问候，到北京中组部招待所看望刚平反出狱的王光美同志。光美同志很激动，拜会之后，赋诗一首奉送。

少见故居觅遗踪，楼外花明炭子冲。

破旧图新成伟业，开基立国建殊功。

一篇《论党》垂千古，七日回乡靖五风。

四化未成身便死，乡亲挥泪问苍穹。

◎ 1963年4月12日—5月16日，刘少奇和夫人在陈毅和夫人的陪同下访问印度尼西亚、缅甸、柬埔寨、越南四国，图为刘少奇和王光美等在苏加诺总统和夫人的陪同下观赏兰花。

◎ 和夫人访问巴基斯坦，在拉瓦尔品第机场受到巴基斯坦总统阿尤布·汗和政府高级官员的热烈欢迎。(1966 年 3 月)

◎ 访问缅甸。（1966 年 4 月）

◎ 欢送邓小平、彭真赴莫斯科参加中苏两党会谈。（1963 年 7 月）

友谊山上植乌桕①

刘　源

友谊山上植乌桕，风雨扶摇三十载。

英灵虽在忠魂去，留得青藤绿荫来。

---

① 《人民日报》伊斯兰堡 11 月 16 日电 "复植纪念树" 仪式举行之前，刘少奇之子刘源代表其母王光美，委托我国驻巴基斯坦使馆向巴基斯坦有关部门转达刘少奇亲属的谢意，并为此赋诗一首。

临江仙

忆 1957 年广州中山纪念堂聆听刘少奇主席报告。

罗　滨

夏至花城明媚色，红棉万树彤彤。中山堂里仰高风。纵横排奡，高论势如虹。　触及灵魂犹未已，奇冤旷古谁同？狂飙吹折峻崖松。白云珠海，挥泪悼刘公！

最 高 楼

纪念少奇同志在皖东 50 周年

张学理

　　金风爽，北雁正南归，又是菊黄时。一江烟敛澄如练，千峰雨过秀如眉。更朝阳，喷薄起，染红旗。永记取卓勋悬日月。　　　永远取岁寒知劲节。樽酒奠，仰丰仪。九州儿女遵遗训，万民心坎树丰碑。挽狂澜，驱恶雾，报公知。

梦 江 南

盐城怀古

卞玉丰

　　烽烟里，胡服莅盐城①。军部曾经重建立，雄师又见挺征程，战地马嘶声。　　　风波狱，往事记犹新。四害古今同一辙②，万民尤恨两钗裙，挥泪哭忠魂。

---

　　① 皖南事变后，刘少奇化名胡服，莅盐城重建新四军军部。
　　② 南宋残害岳飞的三男一女与"文革"中结帮的三男一女如出一辙。

满 江 红

易剑峰

万丈奇松，幼苗在，宁乡挺拔。擎天柱，国家元首，高风亮节。掏粪工人握手坐，印尼侨子夹街接。一生中，伟大又平凡，真豪杰。　写《修养》，立新说。著《论党》，忠马列。为中华强盛，呕心沥血。三自良方成现实，一包到户多优越。可怜他，冤魂锁开封，悲风然。

江 城 子
建党70周年缅怀少奇同志

熊　井

每逢佳节倍思量。战玄黄，业辉煌。建党兴邦，良策立章章。沧海襟怀春日丽，擎天手，被谁伤？

妖氛荡尽国威扬。辟金航，志高昂。堪慰忠魂，接力有贤良。天上人间齐献寿，金罍举，祝无疆。

忆 故 人
怀念刘少奇同志在中原

江洪涛

强虏侵凌，伪顽朋比掀狂浪，铁流东进卷风雷，历险图开创。清扫两淮敌障。擎红旗，领航指向，巨篇宏论，广结同盟，华中奠磉。一代英贤，千秋炳耀全民仰。十年浩劫乱神州，横祸从天降。六字沉冤悲怆。幸历史，人民评讲。忠魂堪慰，赤县中兴，春风浩荡。

车过张八岭怀胡服、陈毅

（外一首）

王民全

受命艰危到路东，运筹帷幄计谋雄。

反顽定要反磨擦，擒敌必须擒主雄。

半塔初兵惊小丑，黄桥决战仰元戎。

至今惆怅思胡服，慷慨当年震宇中。

飞雪满群山

雪满群山，雾笼关塞，一时鼓噪鸦啼。

伟人去兮，天昏地惨，至今犹有余悲。

想东西南北，狐突鼠跳曾几时。铁窗肝胆，煎熬日夜，终究见朝曦。　　迎接日月星辰灿烂，无边花发，雨雾荣滋。当时记得，狂澜横溢，一身能系安危。戎机千里外，从容指挥心力随。殊勋显赫，昭昭日月千古垂！

花明楼抒怀

◎ 刘少奇同志的故乡——湖南省宁乡县花明楼炭子冲。

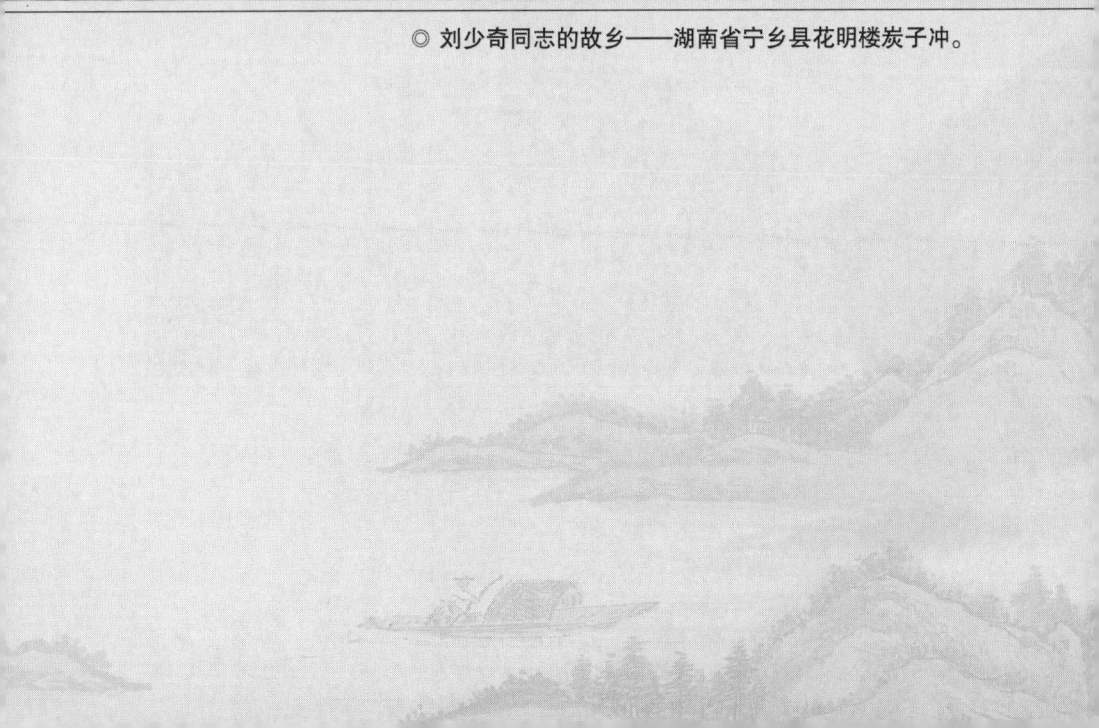

◎ 屹立在刘少奇家乡湖南宁乡县花明楼山岗上的刘少奇铜像。

◎ 刘少奇故居。1898 年 11 月 24 日，刘少奇诞生在这里。

◎ 1980 年 3 月，湖南宁乡县刘少奇故居重新开放。

花明楼畔忆先贤

胡　绳

百感丛生似涌泉，花明楼畔忆先贤。

平生为国忘为己，亮节高风五十年。

花明楼缅怀刘少奇主席

马少侨

我到花明感慨多，满怀幽愤泪滂沱。

红旗招展安源火，赤手翻腾泸上波。

学贯中西传马列，功高华夏奠山河。

哪堪一代开基者，刀斧丛中慷慨歌！

过花明楼口占

孙　斌

谁将祸水肆横流，疑是泥沙溷上游。

暴雨狂风难就道，惊涛骇浪易翻舟。

长空黯黯云遮日，大地茫茫雾隐楼。

忠士戴盆知几许，任人说项我依刘。

重游花明楼

寻　味

劫后重游觅旧痕，故居遗匾竟犹存。

人民自有回天力，还我花明又一村。

评论当年刮五风，七分人祸敢求真。

花明楼外鹃啼苦，唤得今朝万木春。

读《同炭子冲农民的谈话》感赋

曾 一

岂是咸阳衣锦还？勤求民隐到家山。

已饥已溺伤怀抱，为乐为忧识后先。

两季违时三载困，万方多难一人愆。

昭昭日月何愁蚀，在上无知改过贤。

饭桌前头共产风，二人作饭一人耕。

采薪尽斫千山绿，烧草全除万陌青。

指示食堂都解散，切期民命早回生。

存心不在天知处，自有元元颂圣明。

仰宅瞻依世所荣，于公却未惬深衷。

安居得所人皆乐，建馆何心我独崇。

功大犹能甘淡泊，位高难得是谦恭。

只今万口呼廉政，谈话长怀炭子冲。

瞻仰刘少奇纪念馆

李定宇

万壑松涛拥翠峰，巍巍千古仰英容。

安源一炬山河易，华夏两论日月新。

治乱忠言何逆耳？解悬良策竟诬名。

沉冤昭雪人人乐，今日花明纪盛功。

庚申春节参观刘少奇故居

宁 杙

缓步寻贤细雨随，迎新忆旧涌心扉。

一朝霜雪山河冷，十载风云草木悲。

梅盛必知天意暖，花开定有艳阳催。

春回大地园林茂，红匾生辉冕亦辉。

谒少奇同志故居

吕平安

一从妖蜮乱神州，人变牛蛇亲变仇。

求实居然成大逆，匡时何自构阴谋？

松融冰雪知高洁，碑耸云天显劲遒。

历史终归民作主，巍巍铜像炳千秋。

癸酉春日谒刘少奇故居

李迈群

竹浪松涛炭子冲，江山处处颂元戎。

先忧后乐开新宇，斩棘披荆毁旧宫。

六月繁霜千古恨，四时俎豆九州同。

春来柳暗花明路，遗训长留启聩聋。

瞻仰刘少奇故居

罗学源

含悲肃穆仰遗容，起伏思潮泪满瞳。

三罪强加千古恨，四凶横逆万民忡。

囚牢屈死精神永，宇宙荣生德业崇。

蹈厉而今循教诲，新人蹱接战旗红。

木　匾[①]

李树松

区区一匾事堪嗟，不畏抛头乐戴枷。

艰比程婴存赵后，险同季布匿朱家。

眼前向背皆由矫，皮里春秋孰可查。

六月飞霜天意渺，民心善恶判无差。

---

① "文革"中炭子冲一乡民冒险收藏题有"刘少奇同志故居"
字样的木匾。少奇同志平反后，该匾得以复挂门前。

哭望花明楼

罗立德

堂堂主席太凄凌，千古游人扼腕评。

已尽人间刑与辱，犹勾户籍姓和名。

未须异日论功罪，只恨当时草死生。

高举过头呼"最最"，齐喑万马不堪绳。

参观花明楼

佚名（《千秋文学网》）

秋高气爽访花明，领袖精神天地衡。

劲竹飘香存浩气，青山拥翠寄深情。

堂中文载沧桑事，屋内犁留鞭策声。

德政仁风终不朽，丰碑高耸与天平。

刘少奇故居陈列馆观后书感

王巨农

望断湘江几度秋，浮云曾掩旧时楼。

覆盆六字销忠骨，点粪千蝇上佛头。

野火难烧芳草尽，洪波终卷落花流。

史从真处重书后，始信人间道未休。

悬弧九五共称觞，天上人间吊国殇。

痛宰劫羊秋举宴，好招仙羽魄还乡。

千茎白发萧墙泪，一寸丹心夏月霜。

不尽诔文和血写，汨罗泖水两茫茫。

丰碑千丈耸巍巍，高指苍穹近紫薇。

共仰直标无曲影，已将今是证前非。

埋愁忍失三春爱，靖乱终凭一怒威。

自古天心违不得，阴霾过后又晴晖。

莫道山花冻不绯，寒消无复雪成围。

云开西北雄鹰疾，锦簇东南孔雀飞。

棋势喜呈新格局，尘氛难锁旧宫帏。

神州万里春如许，唳月何时化鹤归？

游花明楼悼刘少奇同志

陈怀君

花明柳暗映中天，水笑山歌春又还。

一卷雄文铭座右，半生工运梦魂牵。

忠心亦胆为人表，坦荡胸怀咒逝川。

百仞琼楼千古秀，芙蓉国里祭先贤。

春从天上来
谒花明楼

杨少颐

靳水之滨，看柳暗花明，一派春晖。竹篱茅舍，僻静山隈，雄才自出寒微。颂千秋功德，纪念馆、亭阁楼台。涌人流，仰苍松翠柏，喜上须眉。

征途历艰涉险，举一炬安源，麾卷风雷。敌后奇功，白区苦斗，勋劳应树丰碑。痛萧墙祸起，天星殒、万物含悲。是和非，史实昭真谛，灿烂光辉。

满 江 红
瞻仰少奇同志故居

杨海夫

瓦屋生辉，刘公宅，群来敬谒。真理在，千秋功绩，岂容磨灭！治国兴邦肝胆照，访贫问苦情怀切。恨群奸，诬陷我忠良，今昭雪。　　入魔窟，除妖孽，创世纪，为人杰。看天翻地覆，史开新页。大业出成横祸降，宏图渐展身先折。待后人，瞻仰旧园林，承先烈。

忆 秦 娥
参观刘少奇主席纪念堂

佚名（《千秋文学网》）

堂中谒，沧桑岁月从头阅。从头阅，奇冤易造，丰功难灭。　　人民疾苦真如铁，体恤苍生心儿切。心儿切，泪流江北，楚江悲咽。

念 奴 娇
刘少奇同志故居纪念馆

张学理

　　朝阳驱雾，正秋高气爽，楚天辽阔。万里江山惊巨变，风卷洞庭涛雪。靳水波清，花楼菊艳，竞仰高标格。丰碑不倒，千秋民与评说。　　曾记仗剑神州，安源星火，光烛泱泱国。虎穴龙潭鏖战激，敌胆闻风俱裂。开国元戎，擎旗巨擘，天柱何期折？英灵堪慰，故园光景奇绝。

行香子

瞻仰刘少奇纪念馆

易奥法

铁骨铮铮，功越嵩衡。妖氛起，尘掩瑶瑛。深幽囹圄，似海冤情。恸抚遗物，欲狂啸，愤难平。

群魔乱舞，岂任横行！幸今朝，海晏河清。人民心底，俱有公评。仰止高山，继遗志，慰英灵。

江神子

潘莹蹋

花明楼上望新晴，紫云升，总关情。欢汴河山，扫尽不平鸣，前事不忘后事师，应记取，法先行。　　当年经纬页谁能？赤沈倾，正恢宏，祸结无端青史记殊程。且喜馨香恭奠日，民健乐，慰英灵。

浪淘沙
访刘少奇主席故居

佚名（《千秋文学网》）

细雨过山村，万象更新。红毡匾牌旧时门。家具虽然依旧在，苦了乡邻。　　开国大元勋，体恤人民。神州上下赞君恩。六字沉冤终得雪，大地回春。

秋夜月
望刘少奇铜像

佚名（《千秋文学网》）

夕阳西下霞浮，再回头，主席依然凝虑锁双眸。　　沩水媚，雪峰翠。又何求？岁月迁流时刻念神州。

桃花源忆故人
瞻仰刘少奇铜像

佚名（《千秋文学网》）

功勋卓著登高处，昔日音容长驻。身后青松无数，放眼神州绿。忠心赤胆凝神谒，滚滚长江去。像下轻轻停步，万丈光芒注。

迟发的悼念

◎ 1980 年 5 月 14 日，中共河南省委书记、省长刘杰将刘少奇骨灰交给王光美。

◎ 王光美在护送刘少奇骨灰回京的专机上。

◎ 1980 年 5 月 17 日，刘少奇同志追悼大会在北京人民大会堂隆重举行。

◎邓小平代表中共中央在追悼大会上致悼词。

◎ 邓小平、陈云向王光美表示亲切慰问。邓小平对王光美说："是好事，是胜利！"

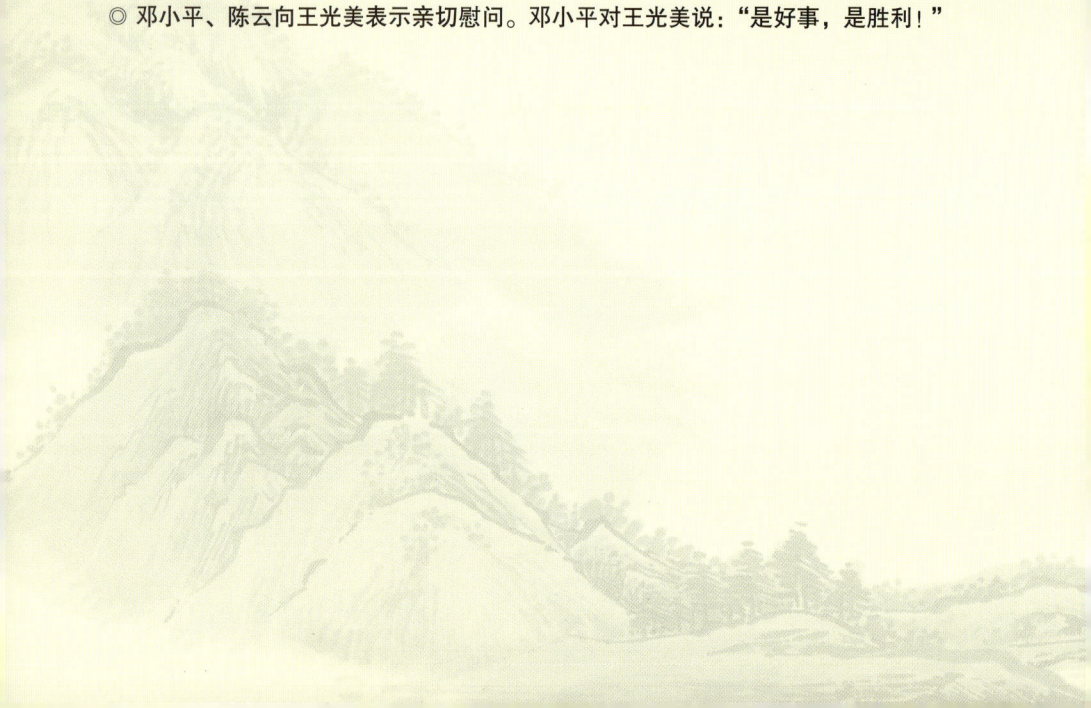

◎ 宋庆龄向王光美表示亲切的慰问。

◎ 胡耀邦、王震向王光美表示亲切的慰问。

佳节报佳音

喜闻"为少奇同志平反昭雪"抒怀

臧克家

为什么今宵鞭炮齐鸣,像一颗颗爆炸的心,充满了喜悦的热情?

今夕是元宵,万众欢腾。但是啊,这岂止为天上的一轮明月?

我从昨晚,坐在收音机旁,听那庄严宏声送来的头等佳音,我不禁用手紧紧按住自己的心胸!

这消息,这佳音,久久地,千人万人,焦灼地在期待之中。

这消息,这佳音,它终于来到了,像今宵的明月,出现在万里晴空。

佳音突然入耳来,"初闻涕泪满衣裳!""文化大革命"的惊涛骇浪,向我凶猛冲击,涛浪汹涌!是非颠倒,黄钟毁弃,桀狗吠尧,瓦釜雷鸣!

我们十分尊敬的刘少奇同志，无产阶级的伟大战士！

我们十分热爱的刘少奇同志，伟大的社会主义祖国的主席！

像在一场恶梦中，三顶大帽子，突然扣在您的头顶，重，重，重！压，压，压！下来，终于压得人去无踪！

魔王在狞笑，正义在哭泣，黑风在狂吹，人心里充满了悲愤和猜疑。

您的功勋，您的劳绩，人民始终牢牢记忆。

您的为人，您的品质，就像今宵的明月，又圆又亮，清光普照山河大地。

党啊，伟大的党！心怀广阔坦荡，如同今宵晴空一碧。

以人民的听为听，以人民的视为视，党的胸膛里装满了亿万人民的心意。

党有错误，毫不掩饰。

党的错误，如日月之蚀。"过也，人皆见之，及其更也，人皆仰之。"

今宵，鞭炮声中，我独立空庭，举首望明月，低头作沉思。

1980 年元宵之夜，即兴走笔，感慨系之。

写在少奇同志昭雪的时候

贾明生

在八十年代初春的晴空，

突然传来动地的雷霆——

党中央决定为少奇同志平反，

撤消了强加给他的一切罪名，

呵，十几年，仿佛是日月之蚀，

今日才云过天晴，

敬爱的少奇同志呵，

一句话，喊出了我被压抑十几年的心声！

迟发的悼念

此刻，从安源到开国大典的朱红城楼，

从太钢的炉前，到太重的厂棚……

我又看见你伟岸的身躯，亲切的笑容；

此刻，从焦裕禄的枕下，欧阳海的日记中……

人民已追回被窃走的《修养》，

那被抠掉的文字哟又灿如晨星；

从党史到大地的高山、平原……

每一处，每一处都有你的丰碑高耸！

公报的宏音在心中回鸣，

九亿人民的深情在天地间奔涌；

当真理从记忆里拂去灰尘，

历史便恢复了本来的面容！

伟大的马克思主义者刘少奇同志，

又微笑着回到人民之中……

同庆我们实事求是，光明磊落的党啊，

又建树了划时代的战功！

早已恢复的名誉

左一兵

冬去了，民主的种子破土萌芽，

春来了，科学的花枝吐红绽绿，

一件件冤案昭雪了，几时恢复你的名誉？

春去秋来，我们这样询问，希冀。

大山对你的怀念，太深沉，太压抑，

江河对你的追忆，太痛苦，太迷离，

难道今天还要人民用隐晦曲折的方法，

寄托对你沉痛而强烈的心曲？

我知道，你从不计较个人恩怨，

我知道，你从不迷恋地位权力，

但，关于生命和名誉，谁不珍惜，

伟人和庶民都懂得名誉的价值。

十四年前，中国突然卷进狂澜的旋涡，

就连国家主席也无法保护自己的名誉，

一夜间，你变成了党内头号走资派，

再踏上一只脚，打入十八层地狱。

那时，是非颠倒，棍棒扼杀正义，

名誉算什么，不如一张手纸，

你倒写的名字打上了无数道红杠，

像一块肮脏的抹布扔来扔去。

从此，你沉默了，消失了，

虽然，你眷念养育你的祖国大地，

你痛苦，并不是悲叹沉冤难以昭雪，

你孤独，因为你不能和人民分离。

关于他……

写在刘少奇同志平反昭雪的时候

陈　龄

一切都已经十分久远，

像一张陈旧发黄的照片，

仿佛又被"退色灵"涂洗过，

还抹着各种各样的颜色……

最清晰的是硕大的"×"，血一样红啊！

在这些红色的"×"构成的栅栏后面，

活动着他模糊的影子……

他好像在和什么人握着手交谈着什么，

嘴角上挂着些微笑，

眼睛里似有些火光……

这是在安源路矿工人俱乐部门前吧？

这里的兄弟们已经组织起来，

⊙ 迟发的悼念

车头上响起了罢工的汽笛，

工人们咆哮着涌出了矿井……

因此，他有了些微笑，

红红的火映进了瞳孔……

这是在大上海阴暗潮湿的棚户区吧？

这时的黑色的小窗已被他唤醒。

黄浦江潮汛使他忘记了疲困和安危，

笑得那样动情而又从容不迫，

眼睛里亮着的是启明的星辰……

这是在遵义那幢红楼的台阶上吧？

他和毛泽东、朱德、周恩来他们紧紧地握手，

那微笑是向西行人的祝福？

那眼里闪光的想必是胜利的旗帜！

这是在陕北的某一孔窑洞里吧？

向毛泽东同志汇报过了，

他来看看八路军战士；

或者是想挑选几位干部到白区去战斗，

他正微笑着征求他们的同意？

那眼里流露出来的是真诚的友爱和希冀！

也许是在安慰被"左"倾路线打击了的战

友……

也许是在开国大典上

与党外的同志们把臂交谈……

也许是在"八大"讲台上作过了报告，

到代表们中间来征求批评的意见……

或者是在《修养》交付印刷的时候，

感谢排字工人为他校正了一个标点……

但总是忘不了的，

三千万中国共产党人，

十亿副历尽浩劫的心肝，

难道就保存不了

一张实事求是的记忆底片？！

终于重新洗印出来了!

在党的十一届五中全会上,

这张照片洗印的一如当初,

我又看到了他光彩照人而又平凡的形象:

那不是,啊,那不是掏粪工人时传祥么?

他和他握着手站在一起,

谁也不比谁高大,

谁笑的也不比谁逊色,

他们眼里都有着火样的光,

谁也分不出他们的尊卑!

他们是亲密的弟兄!

他和时传祥们做过一样的事情!

他在那样的黑的夜里便起身劳作,

和他的弟兄们一起去清除粪秽!

他是和长庚星一同出现的清道夫,

他用辛劳迎接洁净的黎明!

现在,我们都在享受清新的晨光,

在光洁的宽阔的大道上奔驰；

我看到前面有人在无情地拆除着栅栏，

弓着背扫着些绊脚的石子……

那些辛劳的人影中也有他！

由此，我联想到我们可敬爱的中央委员会

和五中全会的历史功绩！……

我和我的同志们挽着臂膀，

跟在他们身后前进！

恨不得给双脚以疯狂的速度，

跟上去！跟上去！

歌唱着，呼啸着，流着

在昨日的灾难中不曾流过的汹汹泪涕！

人民写的历史

远大为

十一届三中全会像是东风，

同春天一起飞出了北京，

把一个伟大的名字——刘少奇

送进人心，送上新长征。

天真无邪的孩子啊，

可知道这个名字的轻重？

英姿焕发的青年人，

可记得那十年动乱的阴云？

在那个黑白颠倒的十年呀，

每天都听到咒骂"叛徒"、"内奸"的声音，

粗大的黑×涂黑着他的名字，

也涂黑着党的光辉历程！

那颗高尚的心在辱骂中停止了跳动，

带去了满腔眷恋的感情：

假如马克思再给我十年时间，

一定把中国建设得更美，更新……

难道说人间从此丧失了公正？

他耕耘过的土地上竟无一处爆出火星？

不！历史岂能由几个小丑戏弄，

地火早已在人民的心中运行！

听哟，安源山那黑洞洞的矿井，

张着大口控诉这世间的不平；

粤汉路的路轨伸长了双臂，

歌唱着当年悲壮的罢工！

北京天安门的华灯，

怀念他和蔼的笑容；

宁乡炭子冲的茅屋，

牢记他亲切、浓重的乡音。

更不要说，

"五卅"的鲜血、大革命的枪林，

夹金山的风雪、延安的窑洞，

和他走过的——每一个城市、乡村……

尽管心上拴着锁链，

无言，决不是默认！

去听听紧闭的房门内那压抑的叹息吧，

人民心中自有一架衡量是非的天平！

今天呵，八十年代的第一个初春，

历史巨轮碾碎了挡车的蛆虫。

千千万万的人民簇拥着他，

走进绚丽的历史画屏——

这里有安源的风钻手，

这里有花明楼的老农，

还有保卫边防的青年战士——

当年向刘伯伯问好的红领巾……

人民，抹去那耻辱的一页，

党，写下了公正的结论。

"好在历史是人民写的"啊！

泥沙里埋不住一颗闪光的心！

人民不能离开你

怀念刘少奇同志

黄焕新

谁能忘记那一年，

一阵史无前例的风暴，

把你和人民拆开，

一别就是十多年。

那时，不知到哪里去找寻你呵，

漫天大字报把我们的视线隔断，

请原谅我们拨不开那重重雾，

迟发的悼念

我们甚至还被迫要和你划清界限。

今天，最大的冤案终于昭雪了，

历史又把你重新请回人民中间。

你身上马克思主义的光辉分外耀眼，

连祖国山山水水都露出了笑颜。

是陌生？是熟悉？

多少涌出热泪串串，

久别重逢情更迫，

展望未来话绵绵。

十亿人民不能离开你，

祖国的建设还得请你来指点。

从你手里接过马列主义的旗帜，

我们要高举它登上四化峰颠！

迟发的悼念

献给敬爱的刘少奇同志

张中伟

一项决议从电波中再度飞出，

一座丰碑在史册上重新树起！

岁月更替，十四年历史上只是瞬息，

记忆不死，又昭示人们思考多少问题。

您从花明楼出发，到生命的最后一息，

史册上缀满一行鲜红的足迹。

有多长——绵延半个世纪，

有多宽——嵌遍神州大地！

听到了，安源路矿的气笛高奏不止，

看到了，延安窑洞的灯光彻夜不熄；

回忆起，为人民您怎样地呕心沥血，

还想到，假若您今天尚有一口气……

人生的道路往往布满坎坷蒺藜，

您的名字无端被一长串"莫须有"代替！

啊！纵有吞长江纳洞庭的肚量，

有谁容得下这天大冤屈！

当年，我们竟举着被红颜色染过的手，

该死！在漫画上抠您的眼，捣您的鼻……

十年动乱，该有多少教训应记取！

而今回首，谁不是汗发背而浸衣！

一生功罪，人民自有一本帐，

真理永在，绽放花卉壮大地！

"任务压了头，赶快请老刘！"

您走得毫无声息，却这样活在人民心里！

少奇同志，请接受我这迟发的悼念吧，

愿您含笑九泉长安息！

您未竟的事业，仍在人民中国继续，

您的英名，将永和毛主席、周总理在一起。

啊，少奇同志回来了

于　沙

云散了，天开了，

树上的鸟儿唱了，

河里的流水笑了，

春风把喜讯传开了：

啊，少奇同志回来了！

那年您一去不见回，

无时不在把您找！

问山：思悠悠；

问水：泪滔滔。

您在哪里呀？

清山隐隐水迢迢。

几度潮涨潮又落，

几度花开花又凋，

那些年啊，您可知道？

——车轮转无力；

——田地生野草；

——人民思温饱。

那些年啊，您可知道？——

党有难，

国有伤，

人民有恨，心如燎！

盼您不见归，

望断天涯路几条。

风暴乍起又会平息，

——大海这样说道；

树叶黄了又会转青，

——燕子这样说道；

游子离别又会回来，

——母亲这样说道；

被颠倒的重新颠倒，

——历史这样说道；

说得好！说得好！

八十年代第一春，

看，少奇同志回来了！

历史沧桑体魄健，

踏遍崎岖人未老！

说的家乡话，

穿的青布袄；

白发不曾添多少，

一样的精神和风貌。

带来了——

"一二·九"的传单；

安源山的煤镐；

武汉关的钟声；

上海滩的波涛；

带来了——

对昨天的深深思索，

对"四害"的连连声讨！

对国家命运的关注，

对友好邻邦的问好。

回来正当好时光哟。

少奇同志看到了——

重开的鲜花香正浓；

新开的集市人如潮；

花明楼上月更明，

花明楼畔花更娇。

啊，少奇同志乐了！

啊，少奇同志笑了！

冰化了，雪消了，

崖上的山花红了，

脚下的道路宽了，

歌声把喜讯传开了；

啊，少奇同志回来了！

给天坛回音壁

吴开晋

多少年了，当一辆辆宣传车从你身边通过，
回音壁呀，我看见你紧紧捂住了耳朵：
你不愿意听到那一片"打倒"的喧嚣声，
那是为野心家们唱的赞歌……

呵，当正直的人们向你吐露心事，
悄悄地把梦里的思念向你诉说，
我听见，你也低声地呼唤他的名字，
把人民的心声收进你的耳膜……

看呵，历史终于在大会堂里庄严地发言，
为昨天把所有的污泥洗濯，
回音壁呀，快震响人民的心声，
让他飞上云天，去迎接东方的红霞万朵！

⊙ 迟发的悼念

人心的回响

夕 明

在人们的深心里，

把珠子般的名字掇起，

那闪亮的珠光，

聚集着多少真情实意！

在人们的心目中，

计量出山岳般的功绩，

这分量的获得，

是历史老人记下的数据。

安源山的路曲折、崎岖，

那上面留下奔波的足迹，

即使曾一度被尘沙掩埋，

但它早印在人们心底。

在马列主义文库，

有一本书谁不熟习？

它曾被判为"毒草"，

人们在心中赞它是茉莉。

花明楼有故人的旧居，

人们又将它重新修饰，

拂去屋匾上的污尘，

端庄地挂在朝阳的门楣。

八十年代中国春风呼呼，

那并非大自然的气体，

是充满信心活力的集体，

在挥动扭正乾坤的双臂。

抡起自我批评的银锄，

把含冤的灵魂一举掘起；

世上谁有这样宏大气魄？

它显示中国共产党生命的活力。

"中国是有希望的！"

这不是违心的赞语，

她是久待的心中的回响，

它是中华民族前进的步履！

我捧起珍贵的红领巾①

（1980年3月23日）

张国臣

沐浴着飘飘洒洒的春雨，

我捧起红领巾去上团课。

泪眼凝视着刘主席的画像，

不尽的思绪像滔滔奔流的黄河……

六三年，刘主席视察到我校，

阳光下，我向他敬献花朵。

春风吹开童年的心扉，

他的手给我系正这"红旗一角"。

当我刚知道算术中还有分数，

周围就响起几派激战的炮火。

戴着红领巾我被斗成"修的黑苗"，

悲泣中听到："打到""再踏上一只脚！"

历史真相岂能被乌云永遮？

今天，春雨又把红领巾涮成赤色。

五中全会表达了人民心愿，

时传祥挥"金笔"把真情诉说……

眼前复现出刘主席高大身躯，

红领巾上，分明还留着他手上温热。

我想起昔日辅导员的话语，

"他的头发，是为人民操劳所白……"

功绩盖天可把山河震动，

铁塔作证，他却惨死开封一角。

今天的红旗格外鲜艳，

⊙ 迟发的悼念

原来是赤红上又添了一层热血。

我捧起红领巾敬献在刘主席像前，

悲愤中众团员拳头紧握：

历史悲剧要永远记取，

新长征勇作向上的烈火……

———————

① 该诗原载《河南大学报》1980 年第 3 期，作者为河南大学 1977 级学生。

不屈的魂魄

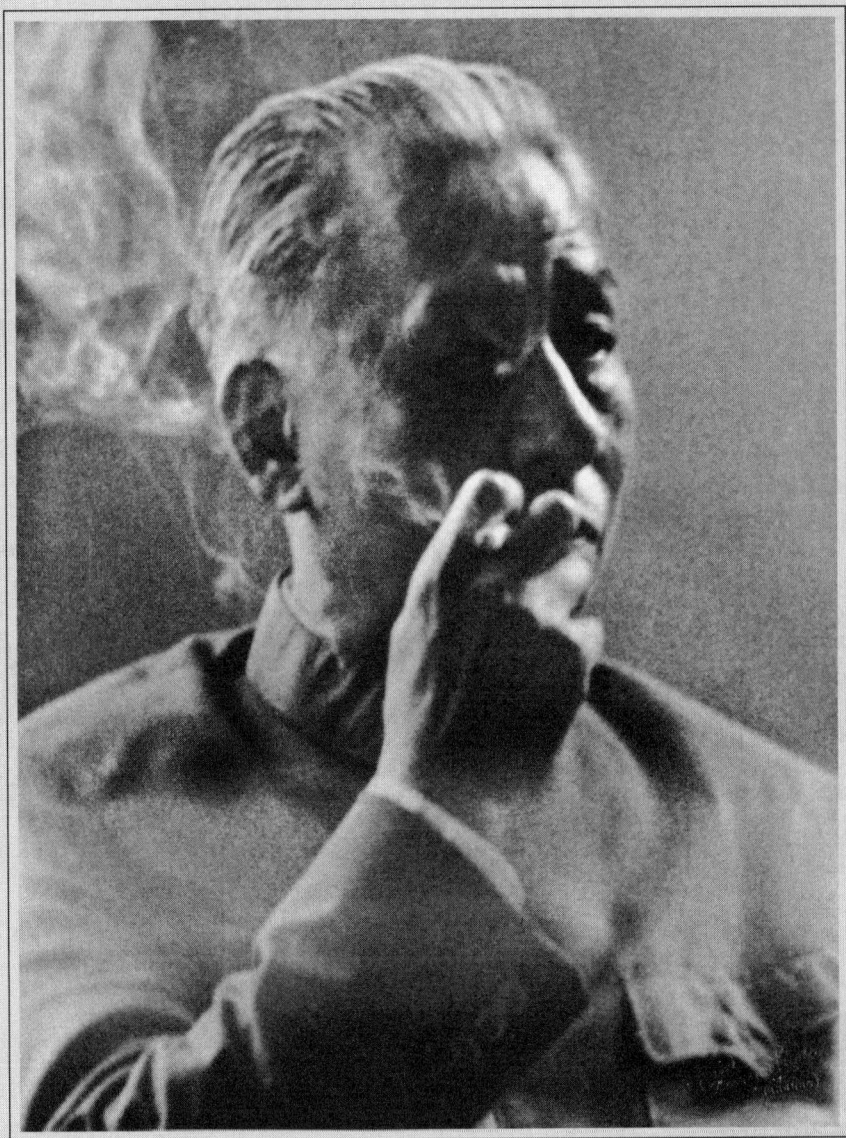

◎ 1966 年 5 月，刘少奇出席中共中央政治局扩大会议。会议通过毛泽东主持起草的《中国共产党中央委员会通知》（即《五一六通知》）。这个通知是"文化大革命"开始的标志。图为沉思中的刘少奇。

◎ 深夜工作。（1955 年）

不眠之夜
为王光美同志摄影题诗

柯 岩

夜，这样深了，少奇同志，

为什么你还不去休息？

你是在校订《论共产党员的修养》，

还是在精读人代会的决议？

夜这样静呵！静得——

好像能从画面上听见你的呼吸。

好像一切都不曾发生过呀，

年轻的共和国又开始挥汗如雨……

久久地，久久地凝视这张照片，

怎能不想起千载流传的古语：

"君子坦荡荡，

小人常戚戚。"——

你正在为人民心血流滴的时刻，

野心家却在绞尽脑汁的算计。

这，少奇同志，是你始料所不及的。

痛定思痛，我们当年也丧失了警惕……

"好在历史是人民写的。"

那十年，哪一天不是用血在镌刻记忆！

虽然，直到今天才能为你恢复名誉；

但，千秋功过，历史何曾漏记！

这张照片高高地挂在书房，

你仍然生活在你亲密的家庭里；

这张照片也将悬挂在历史的画廊，

真理永存——湛湛青天不可欺！

明亮的星

李鸿壁

一颗明亮的星，在人们昏睡中
熄灭了最后的闪光。

人们从长梦中醒来，相互询问：
你最终落在何方？

滔滔黄河、巍巍安源一齐回答：
落在了大地的怀抱、落在了人民的心上！

不屈的魂魄

不屈的魂魄

陈佩芸

十年前你含冤倒下去了，

倒在祖国母亲的怀里，

倒在九亿人民的心窝，

倒在动乱的岁月。

呵，你不屈的魂魄！

今天，你终于站起来了，

从祖国的沃土上，

从人民火热的心中，

从神州辉煌的史册！

汉江水扬起洪波，

安源山舒开眉结，

似望见你当年擦亮工棚的盏盏矿灯，

冰封雪裹下引爆了工运的地火！

遵义会议明净的桌椅，

正满怀深情地把你迎接，

扭转乾坤清寰宇呵，

党怎能失去坚强的臂膊！

天安门前的五星红旗，

正呼拉拉迎风高歌，

抚着城头上的汉白玉栏杆，

你曾参与检阅新生的祖国！

如今，春枝摇曳，梨花飞雪，

可是白发苍苍的你在指挥我们高唱战歌，

对你庄严的悼词呵，

就是新长征中激昂的军乐。

呵，你不屈的魂魄！

不屈的魂魄

狂风吹不走山岭（三首）

高 钫

假 如

假如您的冤情，

得不到纠正；

共和国母亲的额头，

就常挂着一条

深深的皱纹。

狂风吹不走山岭

我钦佩，历史老人的公正，

终于又镌上这一伟大的姓名。

我嫌弃，历史老人的迟钝，

这么久，缓慢得使少女失去青春。

但最后的笑容毕竟也能表明：

再狂暴的风，也吹不走山岭！

高　山

祖国有多少高山？

有的名噪天下，有的默默无闻；

历史有多少高山？

有的耸入蓝天，有的绵亘无垠。

您，就是山，

山，就是您，

像宝塔山一样伟岸，

像安源山一样深沉。

但大地上也有污浊的土丘，

它们盼望的是地震；

可以毁山岳为陷坑，

可以抬土丘至云层。

然而地震是造山运动，

它削不平真正的山峰，

而当灾难渐渐消退的时候，

人们更怀恋苍翠的山影！

伟大的播火者

文超　未凡

望着这燃烧的炉火，

想起那十年的浩劫，

——黑风卷走了一切真善美，

——祸水吞噬了一位播火者。

当年，他高擎革命火炬来到安源，

点燃了工人运动的熊熊烈火，

——焚毁了沉重的奴隶镣铐！

——照亮了黑暗的地狱角落！

从此，他穿过枪林弹雨，

他出入虎穴狼窝，

他提出良谋上策……

几十年里，把光明撒遍中国！

不料，这播火的历史功绩，

忽然变成了他的弥天大过；

于是，三项铁冠压上头顶，

光辉的历史被肆意涂抹！

虽然他的铁骨已惨化灰烟，

他伟大的业绩永远不能磨灭；

他的崇高精神和炉火一同闪烁，

四化路上，他仍在播火——仍在把真理传播！

历史的沉思

怀念刘少奇同志

刘居上

活，您比布鲁诺倔强，

矢志不移地捍卫马列主义。

一似被囚在宗教裁判所里的布鲁诺，

仍然勇敢宣称：地球还在转动！

您呀，冷对"史无前例"的冤案，

坦然自若：历史是人民写的！

死，您比布鲁诺死得惨淡，

陡地消失十年，绝无半点影迹。

被捆绑在火刑柱上的布鲁诺，

尚能以血火唤醒沉睡的中世纪；

这十年呀，甚至连拥护过您的同志，

也被迫得践踏您光辉的名字。

这是怎么回事？难道竟倒退到中世纪？

可分明是当代，在社会主义祖国的土地！

那么，三千万正直的共产党员，

怎么会噤若寒蝉，剥掉了说话的权力……

遗像前，我分明感到您灼热的目光，

把历史的深思烙在十亿人民的心里！

清明情思

杨耀生

我一手拿着冬天的水仙，

一手拿着春天的杜鹃，

遥对着云开日出的长天，

向少奇同志的英灵祭奠。

您巡视在哪一座大山？

您走访在哪一方平原？

我步履匆匆把您追赶，

您可听见我深情的呼喊？

您没有走远，您还在安源，

在安源煤矿工人的中间。

当年，您像一颗闪灼的火星，

把每一座矿井都熊熊点燃。

您没有走远，您还在上海，

在上海的黄浦江边。

当年，您是一名抗争的勇士，

斗腥风血雨，战旱春严寒。

您没有走远，您还在延安，

在延安的土窑洞里面。

当年，您像一名辛勤的园丁，

用《修养》的春风温暖着每个党员。

您没有走远，您还在北京，

在北京庄严的人民大会堂。

当年，您像一名普通的公民，

同掏粪工人一起握手言欢……

您没有走远，您没有走远——

热爱人民的人永远在人民中间。

您正领着人民，

笑吟吟，跨向二〇〇〇年！

⊙ 不屈的魂魄

写在花圈上的诗

王　果

黑夜来了，太阳并没有死亡，

它在视野以外的地方运行发光。

冬天来了，森林并没有死亡，

它的根被深厚的大地哺养。

屈原沉没在汨罗江？

不，诗人走遍五月的山川，

听到我们吟唱《离骚》和《九章》。

少奇同志离别了我们？

不，他又回到了我们的身旁，

向我们再讲《修养》和《论党》。

诗 诔

廖公弦

一

我用笨拙的诗，

在你的灵前设祭；

我用燃烧的心，

当作灵前的蜡炬。

归来吧！

属于党的刘少奇！

属于人民的刘少奇！

英灵归来！

来参加党的会议，

来共商"四化"的议题。

不屈的魂魄

二

同室操戈的年月，

无端相煎何急！

捆绑共和国的元首，

炮轰共和国的业绩。

自己失败，

自己"胜利"！

三

你含冤离去了，

乘着火车离去，

因为只有火车，

能载动万吨冤屈。

而应该属于你的，

却全部遭到劫洗。

可惜历史老人，

有着惊人的记忆，

检点你的光荣，

认取你的功绩，

暗自交给人民，

要人民藏在心底。

知道你要回来，

就在不远的时日！

属于你的，都要还你，

你的党证，你的荣誉，

两届共和国的主席……

四

我们勿须向你道歉，

也无法向你赔礼，

因为那些年月，

无论姓张，还是姓李，

一概的都化为机器，

举起手高呼"打倒"，

全靠注入的信息。

五

呵！英灵归来了，

乘着实事求是的党风，

沿着辩证法的轨迹，

党心前导，

民心着力，

全中国，全世界，

又一齐看见了刘少奇！

看见了中国共产党呵，

伟大！光荣！团结！胜利！

毕生尽瘁为人民

张鸿达

毕生尽瘁为人民，功载青史写赤诚。

白区斗争身先卒，关键时批"左"右倾。

《论党》宏文存马列，《修养》光照正党风。

征程万里环宇赞，艰难缔国百战功。

横眉慑尽千夫指，俯首蔼然慰民情。

十年动乱遭奇祸，狐鼠窃要鬼蜮行。

功过颠倒歹徒恶，人民悲愤顿敛容。

擎旗欣有英杰继，指顾立摧四害凶。

五中全会昭雪日，群情昂奋颂英明。

天清地旷长征路，宏图四化大业兴。

神州万马传捷报，九重含笑慰英灵。

期　望
献给刘少奇同志

邹获帆

当祖国黑暗沉沉，

你到安源山点亮矿灯。

当"五凤"的灾难聚集乌云，

你回到过长沙宁乡的乡村。

那里大食堂已揭不开锅盖，

那里亲人的碗里只有野菜根，

那里看得见赤膊乡亲的肠胃绿色透明，

那里失去了唱令五岳开道的歌声……

啊，我们半个世纪战风斗浪的老革命，

看到家乡，想着全国，

痛心地要"刻石立碑"，

要记下缺点错误告戒子子孙孙。

这是"三分天灾七分人祸",灾难铸成,

飞马四蹄,不能"只注意多快,不注意好省",

七千人大会上你有多么坦率的胸怀,

你,我们国家的主席,

不愧为我们人民的代言人!

突然"文化大革命"炮声隆,

你,我们国家的主席,

我们宪法的批准人,

再不见你的踪影!

我知道了大字报纸可以铡钢,

大辩论之口可以铄金,

颠倒是非,混淆黑白,

老革命可以打成反革命。

当"黑线"成网,大鱼小鱼都打尽,

当联系"黑线"我们做"自我批评",

触及灵魂的革命是什么?

——真话不能讲，假话鞭挞着良心。

这个运动的特点是：

受批判的只准"正确对待"和检讨，

不准把真情和道理讲半分。

这时候我们多么期望见到矿灯！

多么期望你来公正评论：人祸是几分？

你，我们国家的主席，

你的沉冤象征着共和国的不幸，

你的昭雪是光天化日的历史在前进。

我相信你期望的不是花圈成山，

而是共和国的国土上

四化的焰火五彩缤纷……

◎ 在飞机上批阅公文。（1964 年）

◎ 同邓小平等会见新西兰共产党总书记维·乔·威尔科克斯。
（1963 年 5 月 25 日）

少奇同志，人民没有忘记你

胡东明

（一）

也许

追逐明星的孩子们，

不再知道

你的名字。

也许

那载有你照片的报纸，

早已剥落发黄。

我不知道

生你养你的炭子冲

是否已被人遗忘。

我不知道

风雨涤荡过的福禄居

是否已旧迹难寻。

可是，我要说，

不要忘记，不能忘记！

人民最忠诚的儿子

少奇同志。

安源矿井中，

那些煤黑的脸，

盐城脚下，

那些勇猛的新四军，

握过你的手的，

那些时传祥的兄弟，

听过你的党课的，

那些焦裕禄的战友，

曾吮吸过《修养》乳汁的

千万个雷锋，

曾污辱过你的，

天真的红卫兵，

他们都没有忘记

他们都不能忘记！

这共和国的每一寸土地，

它的古老的黄土高原；

它的奔腾的江河；

它的激荡的海岸；

它的无尽的森林；

都深深地铭刻着你的名字，

共和国最忠诚的儿子

少奇同志。

（二）

当你度过第一百个春秋，

人民没有忘记你，

少奇同志。

你披着长征的风尘，

奔赴平津，

你制定正确的抗日战略，

在民族危亡之时，

开创了华北，华中根据地。

人民没有忘记你，

少奇同志。

在延安窑洞的油灯下，

你写下了千古流传的，

《论共产党员的修养》。

这是你革命信仰的结晶

这是共产党员必读的圣经。

人民没有忘记你，

少奇同志。

在七大的会议上，

你第一次提出毛泽东思想，

为确立毛泽东思想的历史地位

立下汗马功劳。

你和毛泽东一起，

通力合作，水乳交融，

共同谱写了

缔造共和国

可歌可泣的史诗。

（三）

当你度过第一百个春秋

人民没有忘记你

少奇同志。

是你英明的预见

新民主主义制度的

长期和必要，

是你尊重农民的意愿

力主在农村实行生产责任制，

是你在八大会议上

坚定地提出发展生产力的主张，

是你尊重人民的权利

毕生致力建立人民代表大会制度。

你是伟大的先驱者、探索者！

是的你为这探索

付出了生命的代价，

你把心掏出来

给人民照亮一条通向繁荣的路，

你却倒在这

迷惘的土地上。

你是为了人民的利益

赴汤蹈火，

你是为了人民的利益

勇下地狱。

或许

在一些人的眼中

你是失败者，

可是我要说

你没有死

你是中国的丹珂。

这改革开放的美好前景

就是你生命的延伸

这迎风招展的邓小平理论旗帜

就是你思想的继续。

（四）

当我们站在五星红旗下

为共和国的繁荣

骄傲自豪时，

我们怎能忘记你

少奇同志。

你身穿布衣

行进在家乡的小路上，

你掀开农民的锅盖

尝尝他们的野菜，

你握着患病的乡亲的手

落了泪

你说：我对不起你们。

你在七千人大会上

勇敢地提出了

三分天灾七分人祸的论断，

你道出了亿万农民的心声，

你拯救了多少濒临绝境的家庭。

（五）

当你度过第一百个春秋

人民没有忘记你

少奇同志。

你在建国前就预言：

胜利后

一定有人腐化。

你说：如果我们利用手中的权力

去谋取私利，

就会失去人民的信任、支持。

你说：对腐化的干部要严肃处理，

你说：人民给你多大的权力

你就要负多大责任，

你说：掏大粪是人民勤务员

当国家主席

也是人民勤务员。

（六）

当你度过第一百个春秋

共和国已不再幼稚，

它缅念你的丰功伟绩

也把血的教训记取。

是的，在那灼热的夏天

我们也曾虔诚地

祝福过万岁，

我们也曾愤怒地

呼喊过打倒，

我们也曾怀着热血

奔向工厂、农村。

这沉重的历史

这伤痕累累的土地，

它为我们的幼稚在发抖。

那时候，我们还年青

我们不知道

太阳也曾有过黑子，

大海并非永远蔚蓝。

我们不知道

我们打倒的是共和国的富裕，

我们污辱的是人民的权利。

我们不知道

这世界并不是只有红色，

它充满了五彩缤纷，

我们患了色盲症

瘫倒在迷茫的土地上。

（七）

当我们苏醒过来

仰在金色的沙滩上，

陷入苦苦的追索：

什么是领袖的气质？

什么是人民的权利？

什么是科学的信仰？

什么是宗教的迷误？

我们为什么能容忍

鞠躬尽瘁的主席

含冤而死？

我们为什么能容忍

四个小丑耀武扬威？

我们为什么拒绝

带刺的紫玫瑰？

我们为什么喜爱

甘甜的罂粟花？

这痛苦的思索

它没有硝烟和炮弹，

却充满了血和泪。

虽然，制造迷信的人

最终折戟黄沙。

但是，历史并没有原谅愚昧。

我们不仅仅责怪

昨天

并不能使我们

无愧地面对历史。

这迷惘的土地

任凭权力去左右历史。

它曾滋生了多少秦桧、潘仁美,

它曾葬送了多少岳飞、杨家将。

我们无须去追缴

历史的罪责,

我们急需深挖

这迷惘的土地,

在它上面

栽满科学和民主的鲜花。

(八)

终于,在充满血和泪的

思索中,

人民觉醒了

土地解冻了

春潮汹涌了！

这沉默的深情的土地

它不再用漂亮的口号

去填满饥饿的肚皮，

它不再用无休止的"向左"

去充斥它干涸的灵魂。

好在历史是人民写的，

像火山爆发

我们涌向天安门广场。

向"四人帮"宣战；

向迷信宣战；

向自己的愚昧宣战；

向昨天宣战。

这迸发的火山

这一马平川的岩浆，

它摧毁了十年的动乱

它涤荡了多年的迷茫。

人民终于把命运

握在自己手中，

人民高举起

实事求是的旗帜，

人民毅然选择了

你最亲密的战友

——邓小平。

（九）

好在历史是人民写的，

当改革开放的春风

吹遍祖国大地时，

我们怎能忘记

你这悲壮的预言。

当凤阳县的十几个农民

庄严地在承包书上

摁手印时，

我们才知道这预言的份量。

当深圳的小渔村

矗立起一座现代化城市时，

我们才知道这预言的份量。

这悲壮的预言

它饱含着泪水

饱含着生命

饱含着热血，

我们为这预言的实现

付出了多么沉重的代价。

难道仅仅是饿死的兄弟？

难道仅仅是"文革"中的冤魂？

难道仅仅是崩溃边缘的

国民经济？

（十）

当我们站在

蔚蓝色的大海边

投入第 100 个花环时，

我们怎能忘记你

少奇同志。

你在处境最艰难时说：

最大的快乐

是人民的信任，

最大的痛苦

是人民的误解。

今天，人民理解了你

人民更加信任你。

你的思想

已写在十一届三中全会旗帜上，

你走过的路

正是我们奋勇的开拓的明天。

我相信

看到繁荣富强的共和国

开遍科学和民主的鲜花，

你会欣然而笑。

我相信

在那包容你骨灰的

大海中，

你将得到永生。

不屈的魂魄

战士的心愿

献给刘少奇同志

李双印

蘸着悲痛的泪水，

写下战士的心愿。

我愿做天上的一片白云，

变成洁白的花朵开在你的灵前；

我愿做一股清澈的泉水，

日夜不息地弹奏着你最爱听的乐章；

我愿做一棵高洁的青松，

用枝叶为你编织美丽的花环；

我愿做一块无瑕的白玉，

把你卓越的功绩刻在上边；

我愿做一支如椽的巨笔，

为你谱写壮丽的诗篇……

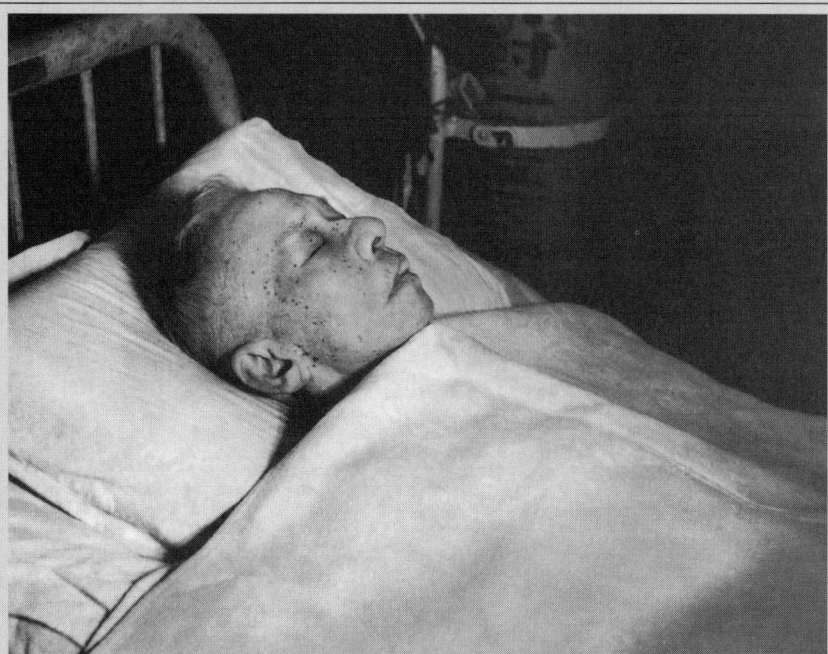

◎ 1969年11月12日晨6时45分，刘少奇在河南开封逝世。图为刘少奇遗容和伪造的火化申请单。

忠魂曲

献给刘少奇同志

张志民

"因为他没有任何私心，所以他无所畏惧。"

——《论共产党员的修养》

一

我们称你"少奇同志"

自从你——

穿着那件蓝竹布长衫，

背一把

——宁乡纸伞，

为寻求

照亮我们民族的

——灯盏！

愤然离开"炭子冲"

那座江南式的

——庭院；

自从你——

伴着岳麓山的深夜，

听着湘江的呐喊！

第一次拆看着

革命友人的

——书函！

从那个时候起呵，

直到一九六九，

直到他们——

把你作为一头

——受伤的"猎物"，

从北京押走，

投进那间——

阴湿的"牛栏"！

在爪痕累累的

——胸口上，

咂尽你——

最后一滴鲜血！

一米七八的身躯呀，

只剩得几根

——皮包的瘦骨，

一堆——

血染的衣片……

这一段——

漫长的历史！

从前到后

该是多少年？

大半个世纪的

——革命生涯呵，

对你——

我们怎样称呼，

才感到心安！

五十年——

你担负过多少

革命的职务呵！

学生们

叫过你"刘老师"，

工人们

叫过你"刘委员"，

红军战士

叫你"政委"，

一声亲昵的"伢子！"

是宁乡的老妈妈——

对你的召唤！

称呼什么？

你自己——

自然是从不在意，

正像你从不关心

自己的健康

——个人的安全

工作，工作

——还是工作！！

从早到晚，

废寝忘餐！

工作的职务，

个人的名字，

在你眼里只不过是

革命史册上

一个简单的"符号"，

一个普通的

——标点！

为着工作的需要，

你多少年隐名埋姓！

数不尽的化名呵，

有的名字——

连你自己

也早已忘记，

因为它仅仅是

——只用过一天！

西装，礼帽，

短裤，长衫，

你装扮过多少

不同的身份呀！

但所有的衣着，

包裹的都是

同一颗忠心呵，

同一颗

——赤胆！

历史——

用血和火的色彩

画出你的肖像，

浅浅的微笑里，

深埋着——

昨日的烽烟，

一头如霜的白发，

永记着——

往昔的严寒！

这就是我们——

共和国的主席呀！

但不知为什么？

"刘主席"这个称呼，

你——

很不喜欢，

我们——

也不大习惯！

你最珍爱的称呼是：

"少奇同志！"

因为——

只有这四个字，

才能体现

你和我们的

——关系！

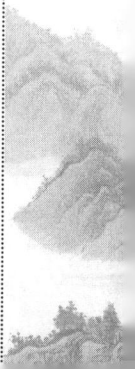

只有这四个字，

才容得下

我们对你的

——情感。

在白区

——在苏区，

在淮北

——在延安！

在新四军的

——操场上，

在西柏坡的

——井台前，

"少奇同志来了！"

昨天——

它是我们

对你亲切的

——召喊，

今天呵！

它已成为我们

噙泪地

——呼唤……

二

走了，一个共产党员

少奇同志呵！

你是哪里人？

在革命先烈的

——登记簿上，

我们该怎样填写

你的家乡

——你的籍贯？

难道真的就是

湘江之滨

——沩水之畔？

在那小桥流水的

茶林深处？

在那竹青柳绿的

塘水之边？

不！你那本

——行军日记

告诉我们：

湖南——

只不过是

你全部行程的

第一个站口！

你出征的

第一座营盘！

你在那里整装，

在那里

——磨剑！

你并不是

一生下来就是

——革命的领袖啊！

在花明楼的

——塘湾里，

你和普通的孩子们

一起嬉水，

一块爬树，

和他们度过

一样的——

童年，少年……

安源矿的老矿工，

记得你！

记得你笑迎着

"王三胡子"的刺刀，

代表罢工指挥部，

去同敌人谈判。

他们要的是——"马上复工！"

你要的是

不屈的魂魄

——"十七项条件!"

他们说:

"我有军队,成千!"

你说:

"我有工人,上万!"

罢工胜利了!

工人们称赞你:

从容不迫

——一身是胆!

不过——

谁心里也担忧啊!

一个二十四岁的

——年轻人,

面对着敌人的

——枪口,

怎能不为你捏一把

——冷汗!

也许正因为

你还年轻吧！

当你离开安源的

最后一个夜晚，

曾牵动了多少

工人兄弟们的

——心弦！

少奇同志哪里去了？

千万盏矿灯，

再也照不见

你那张

——消瘦的脸。

少奇同志哪里去了？

安源工人俱乐部，

已故的老师傅

临终时——

还带着这个

放心不下的

不屈的魂魄

——挂牵!

走了!少奇同志!

你穿起那双

半旧的皮鞋

不是到哪里去

——赴宴!

而是去对付

另一个地方的

——"王三胡子",

迎接又一处的

——刀剑!

走了,少奇同志!

你昂然上路,

登上湘水的班船,

不是带着"委任状"

到哪里去做官,

而是揣着

一个共产党员的

——党性，

迎着枪林弹雨，

奔往又一处

——前沿。

那是一个——

多么激烈的战斗呵！

层层是火网，

处处是硝烟。

上海的纺纱厂，

满洲的小客店，

五羊城的

——街头，巷口，

天津卫的

——码头，车站。

眼前是巡捕，

背后是暗探，

闯虎穴，走龙潭！

真正的刀丛剑阵呵！

你在敌人的指缝里，

与豺狼交手，

和魔鬼周旋。

为着今日的红花，

你插下了多少

——革命的火种，

有多少受难的人民，

曾听到过

你那口浓重的

家乡土语

——湖南方言：

"团结起来！

把旧世界打翻！

一根筷子易折，

一把筷子难断……"

超人的机智呵，

非凡的勇敢！

工人们说——

你怀里揣着

十三块护身的

——金牌!

哪里呦,

你身上带的

只不过是两件法宝:

一件是——

对党和人民的

——无限忠心,

一件是——

对共产主义事业的

——坚定信念!

三

忠魂不死

十万里的征途,

五十年的

——鏖战！

七十一岁的高龄，

布满全身的

——病残！

少奇同志呵！

你走了！你走了！

但你走得——

那样地凄惨！

从长白山到海南岛，

我们没有听到

悼祭你的

——一声哀乐！

十亿人口的大国呀，

没有为你送上一个

——小小的花圈！

这是为什么？

不是我们的记忆，

已经丧失到零度；

不是我们的感情，

已经下降到

——冰点！

你知道吗？

写在“国家主席”

骨灰盒上的职务是

——“无业”，

恕我不再重述

他们陷害你的

那一长串“罪名”吧！

他们给你的最后一张

——“身份证”

只有两个字

——“囚犯”……

真是登峰造极的

——伤天害理呀，

真是惊天动地的

不屈的魂魄

——今古奇冤!

历史呵!

你为什么

竟是这样地残忍!

好人呵!

为什么竟是

这样地多难!

少奇同志呵!

你冲破了

真蒋介石的

——道道封锁,

却没躲过

假共产党的

——种种暗算,

你甩开了多少

白色恐怖的

——侦缉队,

却没有逃出

"红"色恐怖的

——包围圈……

少奇同志呵，

我们决不承认

他们证明你"病故"的

什么"病历表"，

你哪里是病死的呀，

十亿人为你作证！

那分明是件

——谋杀案！

他们凭什么

在光天化日之下

绑架了我们的

——国家主席，

把你打得——

浑身青紫

——遍体伤斑！

把一部——

中华人民共和国宪法，

踩在脚下！

鼻涕，唾沫

——任意糟践！

他们凭什么

把你的办公室

变成"牢房"！

贴满肮脏的

——标语，漫画，

让你用仅剩的

——几颗牙齿，

去啃风干的窝头、

冰冷的剩饭，

不给你喝水，

不准你说话，

甚至——

不准你睡眠……

文明时代的

——法律学家，

大概没有读过

这样的"法典"——

不准申诉，

不准答辩，

甚至不准

六岁的小女儿

唤一声"爸爸!"

最后地

再看你一眼!

十个月——

把你绑在床上，

不准洗澡，

不准理发，

头发长到一尺长!

少奇同志！

你大概不会想到吧！

当你全身瘫痪，

被赶出中南海的时候，

浑身上下

只裹着一条

破烂的毛毯！

你大概不会想到吧，

当那个——

月黑风高的深夜，

你被送往——

开封火葬场的时候，

他们不仅没有给你

穿套衣服，

——洗洗手脸，

甚至没给你一双鞋袜。

加官晋爵的

——暴发户们，

正在红地毯上，

弹冠相庆！

你竟光着脚板儿

——走入了黄泉……

星辰啊，日月，

大地啊，苍天！

他们践踏的

难道只是——

你一个人的肉体吗？

不！那是我们整个国家

整个民族

我们亿万中华儿女的

——尊严！

我不忍再写下去了，

因为我们

受伤的神经，

再也经受不起

这种感情的

——磨难！

少奇同志呵！

我们——

要告诉你的是

人民——

永远不会忘记你呀！

正像不能忘记

——我们的历史，

我们的事业，

我们的祖先。

怎能忘呵！

在淮河边的

——洛岗村，

因为前线战士断粮，

你竟不忍去吃

自己的那份

——"包包饭";

怎能忘记呵！

在人民勒紧裤带的时候，

你回到老家湖南

听到群众的不满，

你不仅没有半点责难，

作为国家领导人之一，

你感到的只是

——自己的责任，

那盈眶的眼泪呀，

是你——

难言的辛酸！

我们怎能忘记呵，

当铺天盖地的大字报

——压下来！

祖国在颤抖，

革命要沉船，

尽管你自己

⊙ 不屈的魂魄

也已经被淹没，

但你仍还是

——挺起胸膛，

发出最后的一声

呼喊——

一切的"错误"

由我来承担！

请求早日结束

——那场"革命"，

以减少党的损失，

人民的灾难……

少奇同志呵！

我们该怎样估量

这席话的份量呵？

不！这不是几句话呀，

它是咆哮的大海，

——巍立的大山！

它使一切的光芒失色，

让所有的声音

——哑然！

伟大的战士呵！

在生死存亡的一刹那，

你不是为自己呼救，

而是要以自己的牺牲，

去换取一只

给党和人民的

——救生圈！

这就是我们的

——少奇同志呵！

这就是——

中国共产党的党员。

为着建设党！

一头白发

代替了——

几十年前的那个

不屈的魂魄

——英俊少年!

为着保卫党!

你战斗到

最后一口气!

直到——

生命耗尽,

鲜血流干!

那部光辉的——

《论共产党员的修养》

难道真是

用笔写成的吗?

不! 你是用自己

全部的血肉

为我们塑造了

一个共产党员的

——典范!

典范——

是不会死的呀!

亲爱的少奇同志！

不知你今天

正在做什么？

是在九天之上，

和马克思一起

总结中国革命的

——历史经验？

还是又回到了

红色安源

和矿工们一起

——创造高产记录！

以催动我们

驶向明天的

——征帆……

山河恋

◎ 在长江三峡三斗坪考察。（1960 年 5 月）

◎ 同王光美在成都。（1958 年 3 月）

◎ 同王光美在镜泊湖。（1961 年）

◎ 同农村基层干部交谈。（1955 年 12 月）

黄河滔滔
献给敬爱的少奇同志

程光锐

十年冰河期，

好长的严冬！

滔滔黄河，

一夜冰封。

浪花的欢笑消失了，

只留下飞雪，无声地飘零；

急流的高歌终止了，

只留下寒风，凄厉的嘶鸣。

黄河，您真的沉默了吗？

千里中原，只能让风雪逞凶？

怎么能够呢——不能！

听坚冰之下，激荡有声。

波涛的愤怒，

春雷的不平，

积成一声轰响，

炸开百丈冰层。

抖落了满身冰雪，

抛却了一场恶梦，

黄河，春已归来，

我又听到您天上飞来的涛声。

看，您刚敞开的波心里，

又映上谁的身影？

头上积雪更多，

眼中星光更明。

他又回来了，

您该多么高兴！

您的乳汁喂过的儿子，

中华民族的精英。

饱经风霜的老人，

走过多少艰难的途程，

终于同春天一起回来了，

重又沐浴着岸上的熏风。

记得吗？那烽火年代，

他曾踏着冰雪而来，

带着陕北窑洞的光辉，

延河岸上抗日的歌声。

来到灾难重重的中原，

迎接民族解放战争，

唤起中原的英雄儿女，

去缚住东方的苍龙。

他热爱安源矿灯的温暖，

热爱满洲风雪的豪情，

也热爱中原大地的淳朴，

热爱您呵，大浪奔腾。

早晨，踏着草原上的露水，

夜晚，顶着头上的星星，

为了燃起人们心中的火焰，

他走遍岸上的茅屋草棚。

黄河，他是热爱您的，

您的波涛在他心中起伏翻涌。

可是，您了解他吗？

了解他的沉冤，他的不幸？

您知道吗？三十年后，

您身边发生了什么事情？

一颗大星殒落了，

甚至没有把您惊醒。

是您沉睡了吧？不！

是大星殒落，无息无声。

大地埋葬了自己的亲人，

甚至不知道他的姓名！

昂昂七尺之躯，

只剩下瘦骨伶仃，

遍体伤痕血迹，

长发在风中披零。

半个世纪的风霜，

一腔对人民的忠诚，

火红的理想，

铁石的坚贞……

殒落了，灼灼的星辰，

结束了，悲惨的生命！

黄河，您伟大的儿子，

就这样消失了，无影无踪。

五千年，黄河，

您的波涛滚滚向东，

唱尽了人间的悲歌，

阅尽了人间的不平。

千秋悲歌，

可有当今的沉痛？

千古奇冤，

可有当今的深重？

十年冰雪，

⊙
山
河
恋

十年狂风，

骇人的灾难，

缤纷的落英！

真是一场恶梦呵，

黄河，您就是见证。

您该问问历史，

"还能重演吗?" 再也不能！

好在千秋功罪，

由人民来说评；

人民判决了一批批丑类，

敲响历史前进的洪钟。

黄河，春已归来，

我又听到您天上飞来的涛声。

让这涛声汇合着地上的涛声，

向着远处闪光的大海，奔腾！

看，他又和我们一起前进，

依然是那样的坚定、热情，

白发映着火红的旗帜，

脚踏着绿色的春风。

镜泊情思（三首）

张曙光　曹长青

1961 年夏天，刘少奇同志视察了镜泊湖。

温　暖

镜泊湖像一个巨大的镜头，

把难忘的情景摄入碧绿的底片——

花朵朵涌向湖边的一位长者，

他高扬的手臂指点着秀丽湖山。

他的话语激励温暖着人们的心坎，

多么像湖畔电厂那涡轮旋转。

呵，巨大电缆给人间输送着光明和温暖，

而今，输送更多的是无尽的思念……

⊙ 山河恋

怀　念

初春我徘徊在少奇同志走过的山路，

多少往事也在我的心中徘徊。

山路的尽头挑着凌空直下的瀑布，

轰鸣着，扑进镜泊绿色的胸怀。

鲜亮的松针，沉思的年轮，

一切都珍藏着他当年的抚爱。

此刻，喷涌的怀念如奔腾的瀑布，

天外飞来。泻入我心灵的大海……

寻　找

多少年了，我四处寻找您——

在大会堂，在中央委员会中，

在欢声雷动的天安门城楼中，

在五彩缤纷的节日焰火中，

在你居住过的镜泊山庄中……

然而你悄悄地消逝了，

像一片流云，像一阵清风。

但在今天，我终于找到了您——

在老战士浸满深情的回忆中，

在青年科学家新成就的祝贺声中，

在红领巾天真可爱的喧笑中，

在共和国金壁辉煌的大厦中……

你获得了永恒的生命，

像一座丰碑，像一柱光明！

⊙
山
河
恋

江 河 恋

于建邺

　　刘少奇同志解放前后 20 多年中曾多次在苏北大地上工作和视察，淮河、沂河、运河、串场河……都留下了他高大的身影。每逢看到这些江河，苏北人民就想起了他……

你是江河，

率领着千万条小溪，

你是湘江的子孙，

在民族危亡的关头，

流进了苏北的大地。

流进人民干渴的心田，

化作天兵杀敌的怒气。

岸边丛生翠绿的芦苇，

护卫着游击健儿，

从你身边英勇出击；

水面飞溅雪白的浪花，

辉映着烽火战旗，

拯救中华民族于十万火急！

因有源头活水来，

谁也斩不断，

你滔滔滚滚，

奔流不息。

二十多年雨夕风晨，

你滋润了——

一派春色，

两岸生机。

油菜花捧着束束金黄，

垂杨柳舞动丝丝新绿，

热烈地亲着你伸来的

脉脉细流，

条条银渠……

你不知疲倦地流呀，流——

体察着民间疾苦，

改造着穷困贫瘠，

你日夜辛劳地流呀，流——

为让多难的土地富有，

无私地献出毕生的精力……

人民丰衣足食了，

灾难却突然来袭！

烈日——

煎熬着波涛，

恨不立即使你枯竭，

狂风——

飞卷着沙砾，

妄图消灭你的形迹，

酷寒——

要冰结你！冻僵你！

大雪——

要淹没你！吞噬你！

啊！你死了！被折磨死了！

你终于死在史无前例的年代。

——死得无声无息，

——死得惊天动地！

——死得"史无前例"。

土地呵，捶胸顿足，

禾苗呵，掩面哭泣，

油菜花形容枯槁，

——扑向你！

垂杨柳披头散发，

——哭喊你！

你的心血干涸了吗？

不，你的每一滴水珠，

都流进人民的记忆……

你的身躯消失了吗？

不，你的每一片波光，

都闪耀在人民的心底……

一声霹雳！

——春来了！春来了！

春又回到了大地！

澎湃的春潮，

一泻千里，一泻千里，

消融了冰雪，

卷走了沙砾，

把一切令人痛心的诬蔑，

一股脑儿荡涤！

昭雪了历史上最大的冤案，

恢复了你的名誉。

你——最终还是你！

我们含着：

悲愤和歉疚的泪水，

深深地怀念你呀，

——少奇同志！

最最深重的灾难，

也不能泯灭你的浩然正气，

滔滔不绝的江河呵，

将永远、永远，

奔腾在祖国回春的大地。

竹沟情思（二首）

张雅歌

石 榴 树

1939 年 1 月，刘少奇同志来到河南确山竹沟任中共中央中原局书记时，曾亲手在门前栽了棵石榴树。"竹沟惨案"时，树被国民党反动派砍去，"文化大革命"中，又被连根刨出。幸被一老农暗中从根部分下一小枝藏在家里。今年春天，中央为刘少奇同志彻底平反，老人又把它栽在原处。

四十一年了，你还长得如此低矮枝疏，

近半个世纪了，你还像刚插下的弱柳一株。

我知道，你曾分享了世上最大的光荣与幸福，

也曾经，经受了世上最大的屈辱与痛苦。

当年，你像个孤苦伶仃的婴儿，

被遗弃在野草凄凄的荒谷，

是刘主席亲手把你捧起，

栽在中共中央中原局。

春风雨露，阳光沃土，

你受到刘主席慈父般的爱抚。

严冬酷暑，朝朝暮暮，

你迎送着刘主席出入。

周总理看刘主席来了，

革命的友谊，亲如手足，

他们并肩在你身旁健步，

将伟大的事业高瞻远瞩，

前线的将领们来了，

笑声朗朗，战尘仆仆，

刘主席在你身旁迎接他们，

将党的思想详细讲述。

夜深人静了，

高天星疏，风啸山谷，

你守护着灯光不息的小屋，

刘主席还在灯光下伏案疾书……

啊，这一切，

你看得清楚，

听得清楚，

记得清楚。

国民党反动派怕你，

曾向你抡起血淋淋的刀斧；

林彪、"四人帮"恨你，

又将你挖地三尺连根刨出。

但人民心里有你生命的沃土，

有刘主席洒下的甘露，

今天，你虽然还低矮枝疏，

明日，你必将枝叶繁茂红花满树。

啊，竹沟的石榴树，

谁是真正叛徒，

谁是人民的公仆，

党史上，你是一条最详细的批注！

瓦 屋

当年，刘少奇同志在中共中央中原局办公的地方，是一座简陋的瓦屋，"文化大革命"期间，屋中一切遗物被洗劫一空。

正值春初冬暮，

战士来到被周总理誉为"小延安"的山谷，

瞻仰刘主席当年办公的地方，

啊，这是一座简陋的瓦屋。

我按奈着扑扑的心跳，

我控制着轻轻的脚步，

似乎怕打断刘主席的思路，

似乎他还在这里伏案疾书——

窗前，有明净的写字台，

靠墙，有放书的玻璃橱，

挂衣的衣架、洁净的床铺，

还有驱暑的蒲扇、取暖的火炉……

啊，我站住了，血液似乎凝固，

啊，我哭了，眼泪已经模糊，

这里住过人民的伟大公仆呵，

此刻，竟空无一物！

啊，不！我要大声疾呼：

这不是一座空空的瓦屋，

这是一部内容丰富的党史教科书，

共产党员们，请你们来读！

历史的明镜

陈 菲

安源路矿工人俱乐部的会堂边，有一口清沏的水井。

纵是政治风云变幻，

水井自有活水不断。

它像一面历史的明镜，

映照出一副慈祥的笑脸——

当年，少奇同志挑一桶凉水，

冲掉一身暑热、通宵疲倦，

大踏步地走向矿山，

和工人一块谈着理想的明天。

当年，少奇同志在井边踱步，

晚风吹拂那简朴的衣衫，

他的思绪如井水般清沏，

沉思着工人运动的发展。

当年，少奇同志在会堂演讲，

井水录下他激昂的语言，

马列主义的真理像井底清泉，

汩汩滋润大伙饥渴的心田……

今天，我掬起井水痛饮，

酒一般醇香，蜜一般甘甜，

呵，不断的活水，

是安源工人不竭的怀念……

醒来了，青山

罗　马

醒来了，心中的青山，

冰雪不再覆盖你雄峙的峰峦；

醒来了，心中的青山，

云雾不再遮住你光彩的容颜。

我熟悉你那严峻的外表，

你曾护卫过祖国的尊严；

我深知你那丰富的内涵，

你曾涌流过智慧的源泉。

呼唤你呀，安源的矿井、煤窑，

想念你呀！延安的流水、窑洞，

牵挂你呀！北京城的每一缕红霞，

盼望你呀！中华的每一双泪眼……

今天，云散雾开，大地春回，

青山呵，你骄傲地矗立在人民心间；

我多想用诗句编一簇花环，

奉献给抚育过我的青山！

汇报会上（外一首）

陈达光

1961年暮春，正当"黑五风"漫卷祖国大地时候，刘少奇同志回家乡——宁乡县考察农村情况。

这天，他听着县委的汇报，

一个数字触动了情感——

全县人口，两年锐减十万，

手中的钢笔不禁跌落桌面。

多么震惊人心的数字呵，

难怪他，此刻的情绪如此不安，

朦胧中，十万把利刃在剜心剔骨，

十万人的声音在耳边呐喊！

"人呢？十万人到哪里去了？"

到太行山上与日寇周旋？

随渡江的大军乘风破浪？

在上甘岭上血溅前沿？

十万！浩浩荡荡十万大军，

能与敌寇打几场白刃战！

可是，如今……

和平的灾难却把他们送进鬼门关！

共产党从苦海里救出人民，

决不是为了让他们再受苦难！

叫人民群众无辜去死的，

决不应该是我们共产党员！

千万种思绪向心头涌来，

一句话语表达了多少人的心愿：

"要刻石立碑，再不刮五风了"，

一字一刀，刻进每个人心坎！

夜

少奇同志回家乡考察时，连夜批转了县委关于房屋处理情况的
报告。

夜，已经很深很深，

星星，也困得直眨眼睛，

少奇同志住宿的房里，

却还跳动一颗闪光的心——

桔红色的灯光，

映出他握笔凝思的身影；

他还在为千万个家庭操劳呵，

报告上闪烁多少双盼望的眼睛。

白天，他看完水库直奔县城，

小车驰过萧条的乡村，

路旁的破屋钻入车内，

向他诉说遭遇的不幸。

他吩咐司机停下小车，

俯身钻进低矮的茅棚，

看四壁，断墙吹过几分凉意，

瞧屋顶，茅草漏下雨滴声声。

一个问号在脑海中掠过：

这破屋为何不加修整？

随行的县委书记来不及回答，

农妇的哭诉刺痛了他的心。

呵，明白了，所有权遭到侵犯；

明白了，"共产风"拆散多少家庭。

他征询了县委同志们的意见，

退屋的决定就这样形成。

此刻，当他批完县委交来的报告，

启明星捎来消息：天将黎明。

愿这页报告变成大厦的屋顶，

去保护千万个蜷缩在风雨中的人民！

花园村的怀念

商殿举

1961 年 8 月，刘少奇同志视察黑龙江，曾住在哈尔滨市花园村。

那时，花园村刚投入使用，

房间没今天舒适，花木没今天葱茏，

听说刘主席就要光临，

窗子比每天都亮，花儿比每天都红。

啊！刘主席来到花园不为花，

仍像当年下矿井、串工棚，

硬床上，铺着自带的旧军被，

被絮里，塞满北京阳光延安风。

旧牙缸，白瓷退了光泽，

旧毛巾，中间剪掉又缝。

餐厅里，不搞宴会，谢绝名菜，

他说：人民的餐桌还不丰盛……

走廊里，他与我们握手谈笑，

花丛中，他与我们并肩合影。

大家说，《论修养》的每项要求，

他都带头身体力行……

啊！花园村不忘那幸福的时光，

每扇窗都睁着期待的眼睛。

这里的党员和群众，

都在努力学习他一样的作风……

◎ 在江苏太湖。（1951 年 12 月）

◎ 在北京石景山钢铁厂扩建工地参加义务劳动。(1958 年 7 月)

◎ 1960年4月18日—5月28日，刘少奇到河南、陕西、四川、重庆、湖北、浙江、上海、江苏、山东等省市调查研究，图为在重庆钢铁公司。

学习雷锋同志平凡而伟大的共产主义精神

刘少奇

◎ 为学习雷锋题词。（1963 年）

平凡而伟大

徐光荣

抚顺雷锋纪念馆当年悬挂刘少奇同志的"学习雷锋同志平凡而伟大的共产主义精神"的题词。

春风吹开沉寂的铁锁，推开记忆的门窗，

一副遒劲的题词顿时在眼前耀亮，

纵然它曾被泼遍污秽浊水，

多年来却牢牢镌刻在人民心上。

"平凡而伟大"这是对雷锋的赞誉，

也是少奇同志辉煌人格在熠熠闪光。

从他身着土布长衫踏进安源工棚，

"煤黑子"的心里就开了一扇窗。

陇海路边的"老游击"常深情怀念，

当年有位化名胡服的首长，

穿过冷风暗月，狼嚎犬吠，

驱日寇，饮马两淮、枕戈大江。

掏粪工时传祥含冤临危犹念念不忘啊，

是谁曾与他促膝而坐以国事相商。

只有为人民幸福不惜肝脑涂地的公仆，

作风才能如此平凡伟大，胸怀才能如此宽广……

正因如此，人民怀念少奇同志，

甚至不畏戴上镣铐，押赴刑场。

因为人们坚信，终会有一天拨尽乌云，

安源山将与祖国名山一起，放射万丈光芒！

钢城的思念

张志安

1958 年 2 月，刘少奇同志来太原钢铁公司视察……

时间的大剪，剪不断轧钢机如海的情丝，

严酷的冰霜，扑不灭炼钢炉火热的思念；

那一天，每一滴钢水都在欢呼，

那一天，每一朵钢花都笑脸飞绽；

——刘少奇同志为我们带来了春天！

他像春风啊比春风温暖，

他像清泉啊比清泉甘甜，

他右手轻轻地举起了探火镜，

观看火的山，钢的狂澜！

——巍巍青山屹立在炉前！

你在我们中间，你在我们心间，

一双大手同每个人都握遍；

你像我们的炉长一样亲切啊，

轻轻地抚摸着我们掌上的老茧；

——一丝不安跳上了眉尖。

你一生啊都在为我们工人操心，

——从砸碎镣铐到建设家园。

安息吧，敬爱的领袖，光照九天，

你用过的探火镜已对准 2000 年，

多炼钢，你的话就是高炉的强大能源……

深深的怀念（二首）

赵焕明

温　暖

　　还在上小学的时候，便读到过一篇关于少奇同志爱护战士的故事，至今仍深深地烙印在我的记忆中。

一条毯子，带着你的体温，

带着你一腔革命同志的深情，

温暖了警卫战士的身躯，

也温暖了我们幼小的心灵——

春游遇雨了，我们互让一件雨衣，

宁愿自己被春雨淋透全身。

同学生病了，我们给他补课，

宁愿放弃一场想望已久的电影。

在人生最初的道路上，

我们踩着你深深的、闪光的脚印。

一旦这脚印被宣布为修正主义泥潭，

我们惊愕了，不相信！呵，难以相信。

不相信一杯黄土比青山巍峨，

不相信污墨能掩盖煌煌功勋；

一条毯子，挡住了凛冽的寒潮，

大脑的皱折中，记忆的春草依旧青青。

今天，在这万物复苏的春天，

田野的冰雪，早化作春水喧腾。

一条毯子为何能被覆广袤的大地？

只因千丝万缕，交织着你的温暖与恩情！

煤

对于你——追求光明的勇士，

我献上一首煤的赞歌——

煤，坚实，黝黑，

闪一身晶莹的光泽。

在不见天日的地底，

你默默地忍受地层的压迫。

光和热，是你执着的信念，

炉与火，是你理想的天国。

纵然高压下碎成煤粉，

最大的满足是燃烧透彻。

历史涂黑了你的面目，

红与黑，却同属你庄严的抉择。

即使整个安源重沦黑暗，

真理的火苗，仍在跳动，求索；

既然，当年能照亮工人俱乐部，

山
河
恋

今日，绝不许黑暗再吞噬整个中国！

今天，你回到了革命庄严的史册，

满头白发，可是你燃烧殆尽的记录？

——在光明与黑暗决战的严峻关头，

你，献出了全部光热！

白 头 吟

陈绍武

我记忆中的少奇同志，

清瘦英俊，鹤发童颜——

你以一腔心血洒红了白区，

雪白在你的两鬓落满！

因此，春之歌并不献给粉蝶，

它知道，是谁滋润了大地的根须、枝干，

如今，安源的山头，太钢的云烟，

都在把"飞雪"怀念……

梧 桐 树

侯耀忠

　　1922 年，少奇同志在安源工作时，曾在工人俱乐部门口亲手栽下了两棵梧桐树……

巍巍安源山，笼罩着层层云雾，

茫茫安源城，漫着带血的泪珠；

年复一年呵，春夏秋冬来又去，

为什么安源却是水枯，山秃……

安源矿工在发问：春在何处？

春来了！请看俱乐部门前的梧桐树，

少奇同志亲手栽，精心浇灌又培土；

小小根须，伸进了一口口矿井，

片片绿叶，慰问着一间间茅屋。

从此呵，春在矿工的心里萌芽、复苏！

春和树，手挽手掀动起革命风雷，

树和春，肩并肩编织出红旗簇簇；

梧桐树呵，从煤层吸收了丰富的养料，

拔地而起，像两把利剑劈开云雾。

从此呵，煤海卷狂澜，矿山展宏图！

粗壮的树杆，扯起了一面面暴动大旗，

繁茂的枝叶，招来了一队队革命的队伍；

数不尽的根须，把四面八方连在了一起，

梧桐的花香，把胜利的欢乐送到了千家万户！

从此呵，安源迎来了春色满园，春光满目！

梧桐树呵，斗争赋予你坚韧的性格，

梧桐树呵，你和少奇同志一样挺拔威武！

你把血与火的战斗刻在人民心里，

人民把你永远植在心灵的深处。

呵，梧桐树，你是春的象征，历史的记录！

安源山，在春风里歌唱
缅怀刘少奇同志

朱向前

春色沿着萍水河向我涌流，

春风掠过井冈山向我吹拂；

在我重见天日的时候，

我的变迁将使人细细思索。

为了奇辱的历史不再上演，

我要为今天唱一支深情的歌——

当黑暗的世纪罩着弥天铁幕，

一盏矿灯点燃了我燎原的烈火！

从此我就开始了燃烧的生命，

古老的青春一经焕发便蓬蓬勃勃；

我在寒冬里呼唤着和煦的春风，

我在燃烧中迎接了新生的祖国！

我欣喜胜利的花雨弥漫山河，

我更渴望斗争的艰辛与快乐。

我挚爱钢水的沸腾，电流的奔波，

我忠于马达的飞转，汽笛的高歌……

不料，一场造山运动来得如此突兀，

骤然将我再次压入拱起的地壳；

面对裂地崩天的红色飓风，

严正冷静的大地也惊慌失措。

还容不得我诉说半点什么，

仓猝的打击就使我失去知觉；

莫非我就此成了冰冷的黑色石块，

要忍受又一场长夜的折磨？

渐渐地，我变得习惯于沉默，

迷蒙的心海在寒冷中干涸。

是划时代的"四五"号角将我惊醒，

我的双眸突然间洞若观火：

为什么山岳会颠翻，大树会倾倒？

正因世间事物都供奉神的宝座！

我要焚烧头顶上沉沉的黑幕，

光天化日下，还我本来的颜色！

从此，我的心又在希望中复活，

胸腔里开始蕴育没有声音的地火。

黑暗中，我将燃烧的意愿反复锻冶，

高压下，我将生命的元素重新组合。

是真金，就不怕暂时的埋没，

时光的雕刀只会将腐朽的生命剥夺！

沉默的愈久，积蓄的就愈多，

我等待着又一次历史性的开拓！

从此，我尽管有时过于焦灼

可我从不失望，更没有片刻难过。

我坚信重光的大地不会将我遗弃，

欢呼新生的祖国也没有把我忘却。

我为祖国母亲分担过如山的磨难，

她年青的前额也为我刻下了皱折。

今天，为了分享她的一分欢乐，

我渴望着再次投入燃烧的生活！

我知道，四化正在热切等着我，

多少召唤早已冲进我的耳膜——

钢在呼喊，电在呼喊，油在呼喊：

快给我煤，快给我热，快给我火！

甘于寂寞，并不甘于无所作为，

黑色的外表却把一颗赤心包裹。

我是煤，就要燃烧，就要发光发热，

这——才是我真正的性格！

我知道，群山都在翘首望着我，

询问春天的脚步是否走遍每一个角落；

那里还有一扇窗棂在渴盼明亮，

那里还有一页心扉在等待暖和；

那里还有冷风在把花蕊摧残，

那里还有寒冰在将幼芽封锁……

为了春天真正地吹遍我的祖国，

快，快往四面八方送去我的烈火！

呵！感谢伟大的人民接好导火索，

感谢伟大的党引发伟大的爆破！

今天炸毁的正是未来的坎坷，

伟大的决策来自伟大的气魄！

呵！长长的等待终于如期相许，

西沉的红日又在东方喷薄！

历史的裁判走出了漫长的深壑，

我又如一滴水汇入了大海的洪波！

呵！武夷山送来名岳大山的敬意，

呵！浏阳河送来五湖三江的祝贺。

春风中，列车拉走我的千万吨煤块，

天上人间都有我送去的烈火！

我的形象一经在哪里出现，

哪里便欢声如雷，气动山河！

我是煤，就要燃烧，就要发光发热，

在烈火中永生，就是我献给未来的歌！

海角的怀念

苏圻雄

满怀哀思，满怀敬仰，

我来到鹿回头招待所一号房，

深情询问，深情查访，

这是少奇同志当年住过的地方。

房前的台阶大声回答：

是的，他曾在这里日夜奔忙，

为开拓富国强民的大道，

足印宛如红宝石闪闪发光……

会客室里的茶杯频频点头：

对罗，却记不清有多少人来访，

热爱黎家炊烟，挂念海上渔帆，

像椰子树扎根在无边的土壤……

办公桌上的台灯离他更近：

不错，我曾伴他度过难忘的时光。

深夜里奋笔疾书向党中央汇报，

倾尽坦荡的胸怀，捧出赤子的心肠……

历史是人民写的

朱昌勤

天高，日丽，安源山下，

锣鼓喧天，

红旗盖地，

我神圣劳工，

扬眉，吐气，

千家万户大门开。

煤城虽小人潮急，

人们啊——

向着你欢呼，

向着你奔去。

千百双劳工的大手哟，

把你高高地举起，

从谈判楼拥上祝捷台。

让站起来的奴隶，

让觉醒的阶级，

在历史的舞台上，

仰望着你——

这革命之火，

这战斗之花，

这胜利之旗！

啊，领袖！

啊，少奇！

你秉承党的帅令，

背负阶级的希冀，

在这安源山下，

点燃了一脉地火，

升起了一面战旗，

唤醒了一代奴隶，

开拓了一方阵地！

在五千年史书上，

写下了灿烂的一笔！

你，二十四岁的年纪，

开创了千古不见的业绩！

你，只身入虎穴，

孤胆斗熊罴，

用真理宣战，

率正义出击！

唇枪舌剑挫顽敌，

凯歌唱倒霸王旗！

你的大智大勇，无私无畏，

谁不为之惊？

谁不叹为奇！

难怪工友也问你：

"你身上可真有十三块金牌？

神灵赐佑，

威力无比？"

"我没有十三块金牌的神威，

却有一万三千个劳工的伟力！"

一句话，

听来浅显，

深有含义，

仔细一想，

多少道理。

有泥土，就有大树昂起，

有春水，就有高帆耸立，

有人民，就有丰碑座地起！……

你大声宣布：

历史是人民写的！

个人，属于人民，

英雄，不如奴隶！

人民的力量大如天啊，

哪个神仙，

哪个皇帝，

胆敢与之相比拟!

你因之心海滔滔,

你因之情潮急起,

振臂高呼三声:

"劳工万岁!"

这喊声啊,

是这样真实,

才这样有力!

出自领袖的内心,

才打动了整个阶级,

道破了历史的真谛,

才具有鼓动现实的意义!

……

呵呵!

一阵春雷,

把我从诗的沉思中惊起!

我走出阳台,

透过云霓,

远望赣西；

奋起，疾飞，

飞抵安源山下，

降落在工友的行列里！

我踮起脚，昂起头，

仰望着你啊——

敬爱的刘少奇！

我看见，历史的舞台上，

火炬吐焰，

红旗生辉，

劲松参天，

清峰耸立！

这就是你哟，领袖！

这就是你哟，战士！

这就是你哟，少奇！

我望着你啊，

默默地，默默地！

我想着你啊，

久久地，久久地！

我思索着你的话：

历史是人民写的！

倒过几个年代，

回溯半个世纪，

我体会到这话海洋深的含义，

于是，我看见，

人民拿起彩笔，

把一幅历史的画卷书写，

把一条时代的彩虹描绘，

横天，贯地！

壮丽，雄伟！

你啊，你就在画面上，

你啊，你就在彩虹里，

像安源山峰，

这样挺拔，

这样青葱，

这样奇丽！

竹沟石榴红（叙事诗）

牛雅杰

——刘少奇同志任中共中央中原局书记时，1939 年曾住在河南省竹沟镇，亲手在窗前种下一棵石榴树。

一

水有情呵山有意，

山山水水想着你；

少奇同志来竹沟，

红军崖畔脚步留；

他知道这是烈士殉难处，

如今花满石榴树。

红艳艳的山石榴，

吸引他眼神扯住他袖。

折下一枝种窗前，

浇水、施肥洒热汗。

说稀奇呵可真稀奇，

二年树高过房脊。

枝儿高呵树身瘦，

红花朵朵开得稠。

人人传呵个个喜，

都说长得像少奇。

少奇离开竹沟时，

叶上的露珠像泪丝！

一腔情思磨亮了石头路，

多少人争着来看石榴树。

二

竹沟根据地这般好，

豺狼怎能不伸魔爪？

国民党部队开来两三万，

制造了著名的"竹沟大惨案"。

尸横遍地哭野风，

草芽芽都被血染红。

国民党军官去摘石榴，

头顶上落下大石头，

几个大兵忙赶到，

石块如雨从树上掉；

砸死一帮官和兵，

都说这树有神灵。

来了一个骑兵连，

乒乒乓乓把树砍……

说奇怪也真奇怪，

有个谜儿实难猜！

国民党军队刚开拔，

地上又冒出石榴芽；

群众松土又浇水，

石榴树叶像翡翠。

三

纵然知道河弯稠，

也没想到水倒流！

"文化革命"风卷雨，

狂雷恶闪打少奇。

红色的竹沟根据地，

一夜间抹得黑漆漆！

家家烈属受审查，

烈士陵墓被炸塌。

可怜那棵石榴树，

也被暴徒连根除！

连根除了还不算，

挖地三尺根找净；

又用石块填平地，

石头缝里浇水泥。

砍下的石榴穿人衣，

牌子上写着刘少奇；

游罢南队游北队，

到处召开批斗会。

批罢斗罢劈成柴，

烧成灰烬化尘埃……

四

长河尽管有弯曲，

毕竟滚滚东流去！

冬去春来喜泪注，

首先想起石榴树。

分明还是那棵树，

青枝绿叶窗前矗！

不是眼花不是梦，

真真切切是实景。

一人传十十传百，

竹沟老小都赶来。

石榴树呵不是从天落，

老赤卫队员用心血来养活。

那天批斗石榴树，

偷剪一枝种在后山坡；

一家人轮流去站岗，

手护着树苗心发烫。

一听说打倒"四人帮"，

连夜移栽在老地方。

石榴树呵石榴树，

把竹沟人民的深情铸！

石榴树呵快快长，

长在人民的心坎上。

思

念

◎ 在天安门城楼上。（1963 年 10 月 1 日）

◎ 在中南海。(1951 年)

◎ 同中央音乐学院的学生亲切交谈。（1964 年 1 月）

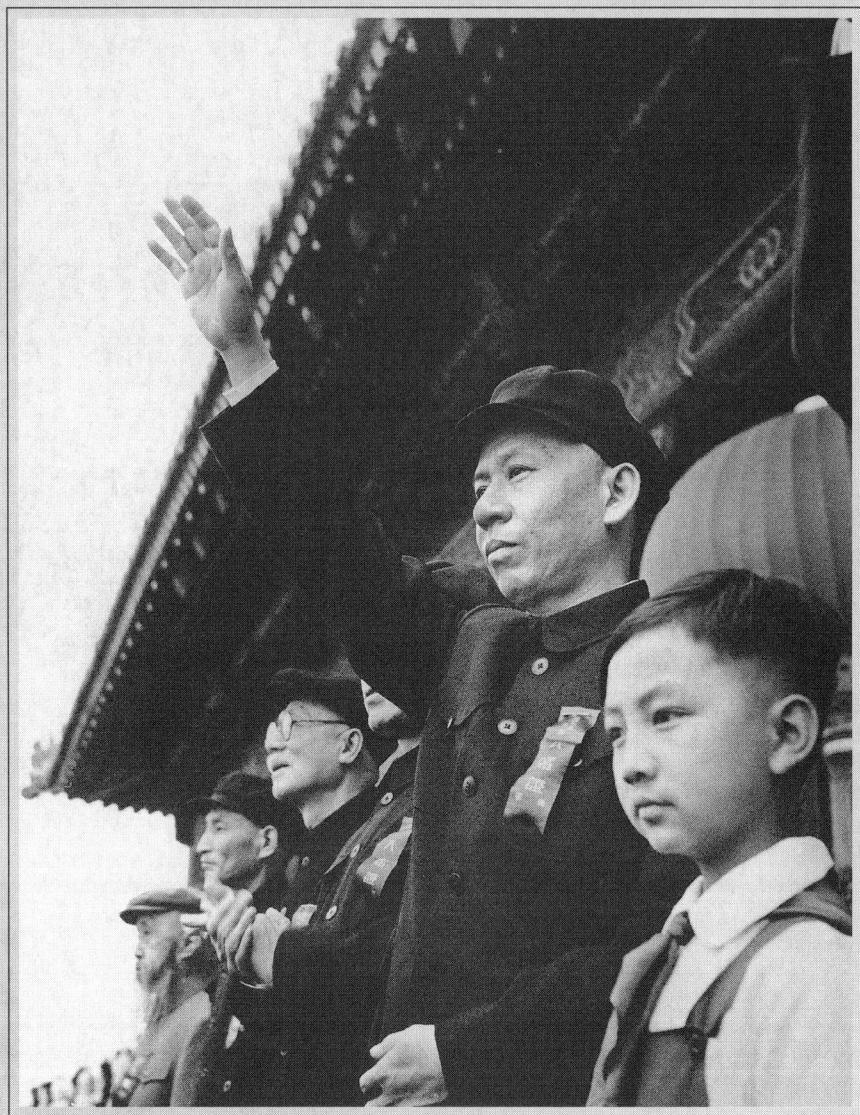

◎ 在天安门城楼上。(1952 年 5 月 1 日)

人民的主席

黄菊生

那真是你吗，这般慈祥，淳朴，

那真是你吗，这般光明，磊落。

也许，是思念得太久，太久了，

见到你，竟热泪盈眶，无语凝噎！

是的，那岁月，大山也沉默，

但它，却是在蕴蓄雷火……

今天，历史终于作出公正的述说，

你的名字又像星光一样闪烁。

此刻，我们久久地端详着——

你那雪白的双鬓，多皱的前额……

呵，历史终究是人民写的，

真理毕竟要由实践来验测！

题少奇同志的一幅照片

汪　抗

还是那样朴素平易，

如同十四年以前，

风霜雨雪的无情摧残；

也难改你本来的容颜。

双眼凝视着远方，

那里是明媚的春天，

眼中充满着情感，

那是对人民的爱恋。

不会衰老，没有绝望，

因为你是真正的共产党员。

我在你的面前肃然起敬，

你是人民中间普通的一员。

照片前的沉思

凌国星

1959 年，刘少奇同志在中南海参加修缮工程的木工劳动。

刨

木工如果没有刨，简直不可想象。

歪扭的怎样顺直？粗糙的如何抛光？

可是，要想让投下的料都能成材，

刨啊，需要底身平正，锋刃闪亮。

你不正是一把最利的刨吗？少奇同志！

刨底是你的言行，刨刃是你的思想。

半个世纪不停地刨啊，刨啊，

为祖国刨出了整整一代栋梁。

剪　刀

在那确无前例的年代，

甚至历史都被任意篡改。

一张小小的新闻照片，

又岂能幸免随心剪裁？

但当底版重印出本来面目，

当真理再恢复尊严的存在，

我们该怎样埋葬那些剪刀，

使它永远不能再伸向未来？

刘少奇同志像

朱碧森

你的塑像也像泥土般素朴，

身后无一片霞彩，身前无一叶翠柏。

正如生日，没有蛋糕、祝词，

正如死时，并无花圈、挽歌。

走得匆忙，骨灰盒也差点失落，

只把一身风骨留给了祖国；

一件布坎肩，能使人想起安源的山峦，

一部《论修养》，培育千万党员的品德。

炭子冲清风拂过你的衣裳，

西柏坡烽烟燃在你的眼眸，

广袤的苍穹展开在你的前额，

回荡着一个深沉而广阔的思索……

长城也须防风雨侵蚀，

脊梁哪能容半点弯折。

历史，毕竟是人民写的，

人民用洁白的心灵将你雕塑。

同　志

化恰刚

工作人员称你一声"刘主席"，

你听见了，却没有作声。

炯炯的目光好像在说：

称呼不应随着职务变更！

你高尚的理想是做人民的公仆，

"同志"，这才是最好的职称。

这称呼把你和人民紧紧相连，

任何狂风暴雨都不能摇动。

你以同志的身份和人民共商大事，

亿万人民向你袒露火热心胸。

人们叫你一声"少奇同志"，

吐出心灵深处的无限深情。

"少奇同志"——千万人齐声呼唤，

化作滚滚春雷四海回应。

你没有离开我们啊，少奇同志，

你永远是革命大军中伟大而又平凡的普通一兵！

您是一棵树

张建华

呵，您是一棵树，一棵奇特的树，

这棵树的名字，我无法准确的说出。

春天，人们说您是一棵柳树，

情意切切，把春光送往千家万户，

足迹走过的每一个地方，

根儿总扎进深深的泥土……

夏日，人们说您是一棵榕树，

枝繁叶茂，浓荫庇护着房屋，

像骄阳下一片绿色的云彩，

为人们挡住了炎炎酷暑……

金秋，人们说您是一棵果树，

果实那么丰硕，全都向人民献出，

不惋惜耗尽了毕生的心血，

自己会有一天叶落枝枯……

严冬，人们说您是一棵松树，

身躯那么挺拔，一幅铮铮铁骨，

任凭风霜雨雪无情的摧残，

宁肯站着死去，也不弯腰屈服……

呵，您是一棵树，一棵高大的树，

在茫茫林海之中，岿然高矗……

刘伯伯，您回来了

江　江

历史的时钟，像一把巨剪，

终于剪断了沉重的索链。

真理和实践，

肩并肩伴送您，少奇伯伯

回到人民中间。

您，屹立在蓝天之下

把落在身上的尘土轻轻一弹，

您笑了……

瞥了一眼渐渐消散的过眼云烟。

呵，您终于回来了，

一步迈过了

十四年风云堆起的山峦。

而我的呼唤，

将留在历史的山峡中回旋。

昨天，要永远成为过去，

因为时代的航船，

不能在我们身上搁浅。

啊！您的目光，

正注视着我们

挺起的胸膛和有力的双肩。

渴　望

陈万鹏

当你的骨灰

映着虹彩，撒入大海，

那波涛浪谷间——

便有一束白花盛开，……

呵，我多想扑进大海，

化为一滴海水，把它抚爱，

不，还是变成只海蚌吧，

张开蚌壳，把一星骨灰接住，

蘸着我生命的浆液磨砺，

为世间，捧出珍珠！

星

郑　浩

十月惊雷，震破凶神恶鬼的梦乡；

三月春风，拨开九天的迷瘴。

他终于回来了，回到我们身旁，

亿万双手鼓掌，亿万颗心热烈地跳荡。

他听取政治局委员重建法制的发言，

他倾听治国专家的四化专题演讲。

有谁提议：让少奇同志给我们讲一讲，

我们怀念他，等待他那么久长！

顿时，人民大会堂一片肃静，

静得像风暴平息后的海洋。

只见大厅顶端星星般璀灿的华灯，

好似他神采奕奕的眸子在闪光、闪光……

用诗句扎成的花圈

献给刘少奇同志

任秀斌

用我这串还很幼稚的诗句，

精心扎成一个小小的花圈。

请不要说我献出得太迟太晚，

因为我已在心里默默扎了十年。

—

安源煤黑，多黑的煤就有多亮的光辉。

假如没有煤，夜会比煤更黑！

二

当希望的翅膀被砍断时，

人民的心，是飞向您的赤鸟。

三

谁能够称出民心的重量，

谁就会知道您生命的价值！

四

由于十多年前您含着泪苦笑，

今天，就成了笑在最后的战士！

五

如果后代要研究今天的历史，

您，就是宝贵的真理化石之一！

六

《修养》，是您生命铸造出的尺，

共产党员用它来量自身的曲直！

七

只因您怀抱着信仰的太阳，

一身忠骨才化做无穷的热和光。

八

您的心——永不退化的种子；

人民的心——永不荒芜的土地！

九

未来世纪里的胜利交响曲，

准会具有您那生命的旋律！

我扎的这个小小的花圈，

实在是献得太迟太晚。

我献上它，还有一个心愿：

今后，莫再出现这迟到的花圈！

◎ 在中南海办公室。（1953 年）

◎ 在中南海接见北京地质勘探学院的毕业生代表。（1957 年 5 月）

◎ 乘"洛阳号"军舰巡视海防。(1958 年 11 月)

◎ 冒雨考察原始森林。

我知道（外一首）

悼伟大的无产阶级革命家
刘少奇同志之死

舟挥帆

我知道你是怎样痛苦地合住双眼，

建设一个好党是你美好的夙愿，

给你的头衔却是叛徒、工贼、内奸……

我知道你是怎样屈辱地合住双眼，

你被胡乱地扔在发臭的停尸板上面，

咽气时竟未穿件像样的衣衫。

我知道你是怎样悄悄地合住双眼，

受伤的祖国在啜泣——

但无谁知道你死在何地何年何天？

我知道你并未悲伤地合住双眼，

死亡不能剥夺你对党无限忠诚的信念，

你坚信社会主义花园里光明定要战胜黑暗。

我知道你的万千战友捧着《论党》在相思：

一个卓越的布尔什维克首脑倒下去了，

留给后辈的是光辉灿烂的精神遗产！

深情的教导

1961 年 4 月中旬，刘少奇同志在湖南省长沙县进行农村考察，听了福临区委的汇报，动情地说："不要夸大个人的作用，不要把个人的作用夸大到不适当的地步。"

听！不能够夸大个人的作用，

你说得多么分明，多么坚定！

听！我们回回道出，回回传诵，

至今依然落地有声，留恋至深！

呵，集体不是个人的装饰品，

民主岂能做独裁的附庸。

是你，使毛泽东闪光的批评①——

似种子在泥土里牢牢扎根。

你启发我们真正懂得，

个人是株孤立的树木，

集体是生机无限的森林，

森林才是春天永恒的主人！

你启发我们透彻理解，

个人是渺小的萤火，

人民是璀灿的繁星，

繁星才给世界发出无尽的光明……

精心记住，在胜利面前冷静；

朝夕思揣，在挫折面前清醒。

学习你：做一生公仆不居功，

留下光辉的品格，崇高的党性！

莫要说你去到另一个世界，

这里时过意凉，人去楼空，

不，你永远和人民在一起，

你真实地活在每个怀念者的心中！

———————

① 毛泽东同志曾批评："许多同志口里赞成集体领导，实际上十分爱好个人独裁，好像不独裁就不像一个领导者的样子。"

被颠倒的名字

喻 晓

你的名字倒立着，

于是，天空倒立着。

奇兽般狰狞的云块，

在大地上纵横奔走，

泛起了乱世的狂潮！

你的名字倒立着，

于是，生活倒立着。

人头朝下，押进地狱，

鬼头朝上，跨入天堂，

都变形了，一个哈哈镜王国！

你的名字倒立着，

于是，一夜之间，

所有的铅字都需要重排。

鲜花、绿草和博物馆的刀剑，

伴着历史学家在偷偷地哭泣！

早春的思念

肖　岗

您的离去，是在风雪蒙蒙的隆冬；

您的归来，是在新绿簇簇的早春。

冰封雪锁终究关不住历史的春潮呵，

悠悠芳草，为您铺了一路的绿茵……

我知道，我知道您是不忍永别的，

昏黄的寒灯，总是伴着您那徘徊的孤影；

一曲《离骚》，三返九顾，撂不下呀，

撂不下万千同志，撂不下八亿尧舜！

怎能离去呀，炭子冲里左邻右朋，

等您商量家事，款待一碗热腾腾的菜羹。

怎能离去呀，安源矿下手足兄弟，

盼您"华发少年"，从头评说世事浮沉。

还有龟蛇山麓，茫茫的朔北平野，

多少春事，等着您再去播种耕耘。

黄浦江边，有您留下的少年风华，

如今，又该到了破土动工的日程。

您曾说过，请马克思多给十年，

再和同志们一起，干它四千晨昏。

您也是个凡人哪，何曾要求万岁？

但求了却平生夙愿，一世仆仆风尘。

您曾说过，革命需要忍辱负重，

远逝以自疏，哪是您的处世为人！

难道偌大江山，容不下您一腔愚忠？

难道几盆污水，还能浇灭灿灿星辰？

茫茫的昆仑，朝朝为您默默招魂，

滔滔的汨罗，夜夜伴您长歌短吟，

中南海的灯火，也在凝神远瞩，

有情的白草，跟随您的脚踪枯荣……

是早春了，今天，您该回来了，

我们到处打开了迎迓的窗门；

枯石缝里，也都蹦出铮铮响泉，

碧透的春江，一路留您饮马洗尘。

我们，我们还是习惯于过去的称呼——

一声"少奇同志"，捧着信赖和真诚，

一声"少奇同志"，掏出热爱和尊敬，

一声"少奇同志"，倾尽压抑十年的热忱！

您的一生，从来就是不停地出发，

您又自称"一名老兵",继续新的长征。

您的缕缕白发,凝聚着数十秋的风霜,

牵动了几代人的情怀,换还祖国的青春。

您又参加我们党小组会,一起讨论,

共产党人应有怎样的修养,怎样度过一生?

谈到自己,您说:一切都过去了,

留在我额上,是刻骨铭心的皱纹!

是的,八十年代早春,还有料峭春寒,

更有冻土未融,更有缠足的泥泞;

但是,我总看见您在前面的脚印,

听到您那坚定而又坦然的笑声。

也许这是一位诗人大胆的想象,

而我毫无一丝怀疑,信以为真——

我们党的中央全会,也多了一票,

那是您,对党中央投下的信任。

少奇同志呀,今天我在吟唱《招魂》,

不设花果酒浆，没有宗教的虔诚；

因为您的伟大，在于您是我的同志，

您的头顶，没有眩目的光轮……

你的冤屈

怀念刘少奇同志

丁　抗　范钦佩

你的冤屈说出来就是泪，

你的冤屈说出来就是罪；

情知道你冤屈俺没敢喊，

任一颗心儿在胸中自碎。

想起来唤醒一个"恨"，

想起来惊醒一个"悔"；

而今俺望苍天心潮澎湃，

招来你的魂，捧给你一把泪。

谁能忘你安源山上燃烈火，

谁能忘你三个灾年把苗培；

明明是白龙马骂成小毛驴，

明明是伟人硬说是贼……

愚昧的云雾笼罩着天南，

粗暴的杀声震荡着地北；

生产队长也得挂牌游街；

掏粪工人也成了贼类……

我呼喊良心醒来呀，

莫只在胸腔里呼呼长睡！

我呼喊历史醒来呀，

莫再让大众在噩梦里徘徊！

愿天上降下一把利剑，

把这民族的耻辱砍碎！

愿天河决口冲泻下来，

给大地洗出洁白的光辉！

要刻石立碑

怀念刘少奇同志

晓 雪

那年头，

地球像被酒灌醉，

天旋地转，

江河倒退，

日月昏昏，

山岳崩溃……

猛烈的乌风暴雨，

吹得八万万

聪明勇敢的人民，

晕头转向，

难辨东西；

疯狂的"造反"洪流，

吞没了

九百六十万平方公里

美丽富饶、

欣欣向荣的土地；

画册，诗集，

期刊，课本，

一夜间

被烈火烧成灰烬；

家珍，国宝，

名胜，古迹，

一早上

被激流荡涤干净；

学校停课，

工厂关闭，

代替棋琴书画

和科研论文的，

是用"革命无罪"的名义，

颠倒黑白或互相攻击的

大字报，铺天盖地；

代替欢歌笑语

和琅琅读书声的，

是"文攻武卫"的

枪声炮声，

"你死我活"的

"火烧"、"血洗"……

而誓不两立的双方，

却喊着同一个口号：

"打倒刘少奇！"

啊，敬爱的少奇同志，

那场昏天黑地的风暴啊，

就是从

"炮打"您的"司令部"，

开始"进击"，

我们党的领袖啊，

社会主义祖国的国家主席，

您就是这样

突然被宣布为：

"党内最大的走资派"！

"罪该万死的敌人"！

这是怎么回事？

早在二十年代，

就走遍汉冶萍的矿洞，

走遍安源山的煤窑，

走遍满洲省的工厂、农村，

去传播火种、

宣传真理的人，

竟成了工贼？！

这是怎么回事？

早在党的幼年时期，

就教会我们"煤黑子"

高唱《国际歌》，

后来又用他

一心为革命的模范行为，

和《论共产党员的修养》，

教育了一代代共产党员的领袖，

竟成了党的叛逆?!

这是怎么回事？

第一个向全党号召：

"要学习和宣传

毛泽东思想"的

伟大无产阶级革命家，

竟然是反马克思主义、

反毛泽东思想的罪魁?!

同毛泽东同志一起

领导我们斗地主、分田地，

建设社会主义的领路人，

竟然成了中国的赫鲁晓夫，

是反党反社会主义的反革命，

是复辟资本主义的总祸根?!

这究竟是怎么回事呀，

怎么回事？

毁灭文化，

破坏经济，

被说成是最大的成绩；

残害忠良，

祸国殃民，

被说成是最大最大的胜利；

真理被判为反动，

谎言被当成真理，

而坚持真理的好同志，

被割断喉管，

被判处死刑；

而大搞打砸抢的匪徒，

凶恶残暴的魔鬼，

却身价百倍，

平步青云……

这究竟是怎么回事呀，

怎么回事?!

我们统帅过百万大军，

身经百战，战无不胜的

司令、元帅、将军，

以及无数的劳动模范，

战斗英雄、人民功臣，

竟然统统俯首就擒，

被挂牌游街，

被打翻在地……

我们伟大的光荣的正确的、

久经考验的党，

从她的政治局，

到每一个支部，

都莫名其妙地

被解除武装，

被全部代替。

面对这一切，

怒目不语，

无能为力！？……

啊，敬爱的少奇同志，

不知是何年何月，

不知是早晨还是黄昏，

反正都一样，

反正是在那

最黑暗最阴冷的时刻，

最黑暗最阴冷的牢房里，

在一场恶梦中，

你满腔怒火，

你含冤抱恨，

离开了我们！……

啊，难道

江河真的会倒流？

山岳真的会崩溃？

不！绝不！

黄河尽管有十弯九曲，

终究要翻腾咆哮，

浩浩荡荡向大海奔去；

昆仑山尽管云遮雾罩，

却始终迎风斗雪，

巍然屹立！

十年的怨恨，

终于化为

"四化"的惊雷，

预告春归；

十年的愤怒，

终于化为

十年的春风，

吹遍大地！

时间无私，

历史无情。

那几个颠倒历史，

践踏真理，

蹂躏人民的坏蛋，

终于被扫进

历史的垃圾堆，

我们的党，

又恢复了

她的优良传统，

她的全部尊严和朝气！

千古奇冤，

得到昭雪，

最大的错案，

得到纠正。

人民又可以

凭自己的切身体会，

和无限深情，

放声歌唱您——

我们的国家主席……

而此刻，

我们仿佛又看到了您

亲切的笑容，

庄重的身影，

并听到了您

殷殷的叮嘱，

严肃的话语。

个人没有什么，

这是我们全党

和全国人民，

用深重的灾难、

高昂的学费，

换来的

沉痛教训，

"要刻石立碑"

永远牢记！

您永远行进在我们中间
写在共和国主席刘少奇百年诞辰之际

梁燕林

慈祥的微笑，

忧虑的双眼，

共和国多难的命运，

凝固在您挥手的瞬间。

啊，共和国的创造者，

您是永不褪色的雕像，

温和宽厚坚定

名垂青史。

啊，共和国的建设者，

您是永不磨灭的丰碑，

勤劳善良勇敢

万古流传。

您是史诗，

革命者读您回肠荡气。

您是警钟，

舞弊者对您闻风丧胆。

构筑强国之梦，

您夜以继日呕心沥血。

探索富民之策，

您兢兢业业披肝沥胆。

建外交，

您风尘仆仆，

足迹遍及世界。

亲内政，

您俯身工农，

真情嘘寒问暖。

盼只盼，

共和国繁荣昌盛，

人人幸福。

想只想，

共和国政通人和，

富足美满。

然而，

不然。

一场风暴，

您惨遭诬陷，

任盆盆污水，

劈头盖脸。

一阵狂风，

您妻离子散。

任嘲讽谩骂，

甚至拳脚皮鞭！

眼见得，

社会倒退天下大乱。

眼见得，

美丑不分亲友离间。

眼见得，

时光倒流人民受难。

眼见得，

黑白颠倒不辨忠奸。

······

可悲啊，

共和国的章程，

竟保不住共和国公民的起码权利！

可悲啊，

共和国的宪法，

更保不住国家主席的起码尊严！

您含冤而死，死不瞑目。

啊，盼拨乱反正，

您九泉之下，望眼欲穿

······

一声惊雷，

重见天日您尘埃尽拂。

一声号令，

清白还复您尽雪奇冤。

从此，您慈祥的微笑，

又唤起了人们清醒的记忆。

从此，您谆谆的教诲，

又回荡在人们的脑海心间。

从此，人民朝气蓬勃，

事业蒸蒸日上。

从此，国家改革开放，

经济高速发展

……

安息吧，

共和国的拓荒者。

您忧虑中的穷乡僻壤，

如今已硕果累累欢声笑语！

安息吧，

共和国的耕耘者。

您牵挂中的九州大地，

如今已阳光灿烂绿水青山！

您殷切期望的下一代，

如今已肩负重任信心百倍！

您视如生命的共和国，

如今正一日千里飞速发展！

新时期的共和国啊！

海多么阔，

天多么蓝，

鲜花更娇艳！

啊，百花丛中，

一代伟人向我们走来，

宽宽的裤脚，

矫健的步伐，

满头银发，

辉映着慈祥的笑脸。

那就是您——

共和国主席刘少奇，

您永远永远

行进在我们中间！

深切的怀念

献给刘少奇主席诞辰一百周年

江长胜

一

你从松青竹翠的炭子冲走来，沩水湘江的碧波映出你年少志高的英姿。走向求索的社会实践，走向企盼的劳苦大众……灾难深重的祖国，使你的双眼满含忧虑和渴望。

你从旗亮星耀的二十年代莫斯科东方大学走来，伏尔加河的涛声坚定着你真理在胸的前进步伐。走向安源路矿工人低矮的破屋，走向五卅运动卷起的大潮，走向省港大罢工不屈的洪流……为了无产阶级的利益，你直面帝国主义的枪口和"王三胡子"的刺刀。

长征路上，你和战友们率领的八军团、五军团突破了敌人的多少道防线？密集的枪林弹雨挡不住你，奸险的阴谋诡计迷不住你，酒足饭饱的追兵赶不上你……两万五千里的曲折和胜利，铭刻着你的胆识和开拓。

西柏坡前，你和战友们为人民共和国的诞生是怎样地通宵达旦运筹帷幄？《中国土地法大纲》记得你，党的七届二中全会记得你，四季常青的巍巍柏树记得你……从中央工委到三大战役的一张张捷报，都记得你血丝爬满眼珠的策划和劳累。

你头上早生的白发告诉我们，革命战士应当怎样工作第一，学习第一；你清瘦的面容告诉我们，人们公仆应当怎样廉洁奉公，一丝不苟；你谦和的神采告诉我们，共产党员应当怎样修身养性，鞠躬尽瘁……你为人民幸福吃尽千般苦，烈烈功勋昭日月；你为中共事业流尽最后一滴血，巍巍丹心耀神州。

二

在人民共和国的主席里，有谁像你那样蒙受最大的奇冤？当铺天盖地的乌云遮住真理光芒的时候，野心家的无耻就会特别地疯长。他们炮制一顶顶最肮脏的帽子强戴在你的头上，妄图使自己的形象光彩起来，高大起来；

在人民共和国的公仆里，有谁像你那样受尽魔鬼的摧残？当漫天肆虐的洪灾淹没了宪法和民主的时候，阴谋家的卑鄙就会登峰造极。他们在你骨灰盒上写的职务是"无业"，妄图使自己的"帮业"昌盛起来，永固起来……

他们把人民共和国主席办公室变成禁锢你的"牢房"，不准洗澡，不准理发，不准医治，他们打出的浑身伤痕，连睡眠的权利也被他们剥夺……那是一帮极左到顶点的狂徒，华夏大地被他们践踏到没有一块安宁。

他们把人民敬爱的国家主席变成"囚犯"，不准申诉，不准答辩，不准接近亲友同志，最后连你的名字也不准使用……你在月黑风怒的深夜被偷偷地推向开封火葬场。

黄河在大风里呼号，哭号一位与人民大众的心紧紧连在一起的国家元首；昆仑在大雪里颤抖，颤抖自己不能为一个清白高尚的伟人撑腰；大地在糊满大字报和标语的严寒里默哀，期待着冰化雪消后的春天。

三

你的那把湖南宁乡纸伞还在吗？想起你风雨兼程的身影，心里就有一股强大的动力；

你的那件花明楼蓝布长衫还在吗？想起你朴实高大的形象，眼前就有一面领路的旗帜……

你再不用为吃穷了社会主义的"大锅饭"发愁了。如今，改革开放、治穷致富的春风焕发了男女老少的创造力；

你再不用为种植大字报的灾年愁白头了。如

今，物质文明建设和精神文明建设锦绣了神州的每一片城乡……

快要实现的全民小康建设工程，是你当年的梦想，再不用担心谁来反对了，因为人民大众都拥护；

已经实施的全国土地延续承包工程，是你当年的梦想，再不用担心谁来批判了，因为党中央与农民是一个心愿……

人民共和国的这二十年沧桑，融进了你为之奋斗半个世纪的滴滴血汗；有中国特色社会主义的路线，延伸了你探索一辈子的光明大道……

在隆重纪念你诞辰一百周年的今天，我们更加珍惜从当年的废墟上崛起的文明和幸福；在深切怀念你的时候，我们更加懂得像你教导的那样去学习、劳动和生活。

您是丰碑　永远耸立
为纪念刘少奇同志诞辰 105 周年而作

孟凡俊

刘少奇主席，请允许我这样呼唤您！

您是丰碑，永远耸立在：

——十二亿中国人民的心里；

——中华人民共和国的大地。

谁敢不信，请听听延安宝塔的诉说；

请看看天安门广场人民英雄纪念碑写的是什么?!

刘少奇主席您的足迹遍布全国：

无论是在华北、在华中，

还是在东北、在陕北，

都记载着您的丰功伟绩，

都讲述着您的动人传说。

每当中国革命的紧要关头，

都有您的身先士卒，

都有您在赴汤蹈火；

每当中国革命的关键时刻，

都有您的聪明才智，

都有您在运筹帷幄。

您的故乡，湖南省宁乡县花明楼炭子冲，

同韶山冲仅一山之隔，

这里山清水秀，这里人杰地灵，

您同毛泽东一样是最优秀的、屈指可数的几个。

您是中国共产党的第一批党员，

您于 1921 年在苏联加入中国共产党。

当时的苏联名声显赫。

十月革命的故乡，

城市武装暴动、工人武装起义成功的国度和场所。

您身临其境，感受尤为深刻，

您知道革命要成功，需要的是最坚决、最无畏，

怕流血牺牲不可。

您清楚革命要夺取胜利，

需要无产阶级政党的领导，最英明、最正确。

一位伟人说过，"十月革命"一声炮响，

给中国送来了马克思列宁主义。

您是学习和实践马列主义最老实、最忠诚者。

您一生信奉的就是马列主义、毛泽东思想，

至死不渝，终生不惑。

您把马列主义的真理

和十月革命的真谛带回了中国。

第一次尝试组织指挥安源路矿大罢工，

取得了成功，功勋丰硕。

这次大罢工创下了许多个第一，

尤其是成为第一次国内革命战争中

无产阶级战士的摇篮，实属最了不得的成果，

没有人能够打破。

您是中国工人运动最早的领袖和佼佼者。

您开创了华北根据地，

使华北地区的革命运动轰轰烈烈。

短短三年，华北数省形成了地域辽阔，

基础牢固的根据地格局，

为延安圣地建立了坚实的屏障，

为大规模的发兵抗日建立了坚实的前哨阵地。

后来，彭德怀指挥的"百团大战"，

发生在华北大地上。

这功劳之重，这功勋之巨，

难道说没有刘少奇同志打下的基础和付出的心血。

在华北还有一件大事，必须说说。

所谓的"六十一人叛徒集团案"，

使您蒙冤受屈，有口难辩，

事实是，这六十一人都是华北的精英。

您当时考虑的是，不管采取什么手段，

只要能救出监狱，

就有讲清楚的时刻。

事实证明，这样做非常正确。

既要注重过程，更要注重效果，

这效果不知多少名人都记得。

这才是对马克思主义的辩证唯物主义和历史唯

物主义者的深远求索。

您作为一颗耀眼的星辰在发光发热，

把华北搞得热火朝天。

您临危受命，力挽狂澜，

改任中原局书记，

两度深入日本侵华势力的腹地——华中，

转战津浦路东西，再次独当一面。

工作有条不紊，有声有色。

——发动群众；——减租减息；

——抗日锄奸；——反摩擦斗争，

都取得了辉煌战果。

党中央对您极端的信任，给予了崇高的评价，

中央是这么说的："长江以北的八路军、新四

军统归胡服指挥"。

紧要关头，您又被任命为新四军政委，

同陈毅代军长珠联璧合，亲自领导重建工作。

时间不长，重建后的新四军朝气蓬勃，

威震江南江北大小村落。

后来，在解放战争时期屡建奇功的华东野战军，

就是新四军的老班底，

秉承了老新四军的战斗精神和勇猛风格。

您在占领东北的问题上，

最早主持制定了"向南防御，向北发展"的战略，

后来，根据形势的变化，

又提出了"让开大路，占领两厢"的方针，

是非常英明正确的。

对东北形势的发展，

对取得辽沈战役的伟大胜利，

作出了巨大贡献。

同时，也使我们懂得了一个道理，

什么是正确主张，

什么叫指导中国革命，

"指导"二字的千钧重量。

站得高，看得远的人，全党认可。

您在革命圣地延安，终于同毛、周、朱、任携

手领导，

五大领袖之中，您排行第二个。

从此，您同毛泽东联袂，密切配合，

创造了无数辉煌的战果。

在党的第七次代表大会上，

您作的《关于修改党章的报告》，

对毛泽东思想作了全面、系统、科学的概括。

形成了核心，团结的力量，

这一时期，您发表的《论共产党员的修养》，

丰实了马列主义关于共产党自身建设的学说。

六十年来，鼓舞了多少共产党员，

为共产主义事业奋斗、献身；

激励了多少代共产党员，

大公无私，光明磊落。

一九四九年十月，中华人民共和国成立。

开始了社会主义革命和建设新时期。

您肩挑重担，格外巍峨。

领导革命，武装斗争，夺取政权，

中国共产党的领袖们，

得心应手，颇具风格。

集体领导，集思广益，

民主集中制的原则，谁也不能削弱。

当时的计划经济，谁也搞不清楚它的真正含义
和特色。

◉
思

念

又是您身先士卒，求真务实，

到基层去调查研究，去"求神拜佛"。

本来是成功的经验，谁知"文革"期间，

竟成了错误和污浊。

黑白颠倒的年代，

哪有太阳的光芒和金子的闪烁。

正像邓小平同志说的："我们党的历史上，

真正形成成熟的领导，

是从毛、刘、周、朱这一代开始的。"

……

您说过，"好在历史是人民写的"。

亿万人民的历史书写着：

刘少奇是我们国家的主席，

是我们人民的主席，他是好人。

邓小平同志说过："是好事，是胜利"。

刘少奇主席和刘少奇这个名字，

永远活在中国人民的心中！

请听：

刘少奇这个名字，

直到今日还响彻在中国大地；

刘少奇这个名字，

还必将继续传颂在二十一世纪，

因为他是属于人民的。

为人民的利益和党的事业，

而奋不顾身，赴汤蹈火的人，

人民永远都会感激，

人民永远都不会忘记。

蓝天记住您，

大地记住您，

青山记住您，

大海记住您，

共产党员记住了您，

中国人民记住了您。

——您是丰碑，永远耸立！

2003 年 11 月 17 日

于总后军需物资油料部

闪光的明珠
《修养》

◎在延安。(1945 年)

◎ 1943 年 3 月 20 日，在延安出席中共中央政治局会议。会议决定刘少奇任中央军委
　副主席、中央组织委员会书记。

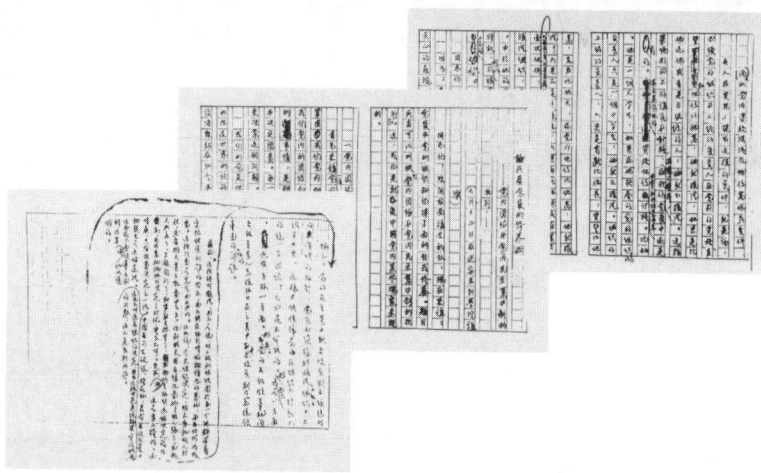

◎ 1939年7月8日和7月12日，刘少奇在延安马列学院作《论共产党员的修养》的演讲。图为刘少奇在延安杨家岭窑洞写《论共产党员的修养》演讲稿和演讲稿的手迹。

◎《论共产党员的修养》

我们需要《修养》

刘肖无

谁没学过《修养》？

两鬓皤然的共产党员，

遍体鳞伤的英勇战士，

砸碎镣铐的工农大众，

追求真理的知识分子。

谁没读过《修养》？

谁没受过它的熏陶教养，

谁没经过它的灌溉培植。

多少次深更半夜的里弄阁楼，

寂阒的深宅大院，

不正有人如饥似渴地攻读，

默默领会亲切的教益。

而明天，

车间里娓娓倾谈，

大庭广众中激昂呐喊，

面对顽敌，正气浩然，

法庭上，监狱中，刑场里，

民族的精英倒下了，

无负于一世追寻的共产主义。

多少次一灯如豆的茅屋草舍，

坑道战壕里阴暗潮湿，

成班成排地热烈讨论，

三三两两地刻苦学习。

而明天，

沙场上伴着浓烟烈火，

制高点上前赴后继，

无比崇高的烈士啊，

抱着崇高的理想从人间离去，

而几亿处于水深火热的人民得到解放，

九百六十万平方公里国土上飘扬起五星红旗！

学有专长的无负十载寒窗，

浪迹天涯的也能扬眉吐气，

谁能说这一切与《修养》都毫无关系。

多少次党员之间意见不一，

难道不正是《修养》使我们找到了解决问题的

钥匙？

多少个犯了错误的革命者，

难道不正是《修养》使他重新振作了勇气？

我们回忆回忆，

不正是延安整风前后，

党的七次代表大会时期，

党最兴旺发达团结一致，

战斗得最激烈，

胜利得最光辉。

不正是在那战斗的岁月里，

《修养》是党员的必修课本，

《修养》曾广泛流传在解放区。

《修养》 闪光的明珠

这难道不是历史事实？

有目共睹，肝胆历历，

历史从来铁面无私，

颠倒事实谈何容易？

可我的《修养》没有了，

我的《修养》被人抢去了，

被人抄走了，

被他们禁绝了，

被他们烧毁了。

荒唐，不要以为你们已经胜利，

销毁的不过是一堆纸，

任凭大火冲天，

烧不掉铭记在心的真理。

任凭掘地三尺，

搜不去亿万人民的敬意。

今天，我要说，我们要大声地说：

"还我《修养》！"

无产阶级先锋队里新的成员，

有着纯洁的灵魂还缺少锻炼，

决心献身革命事业的志士仁人，

已经踏上征途也要增添武器。

在党内还有彷徨的同志，

社会上也有迷途思返的羔羊，

他们是几千万，几万万呀，

一个思想，一个声音，一个愿望，

党啊！给我们《修养》吧！

在新的长征路上，

在向四个现代化进军途中，

我们多么需要，

方向正确，目标明晰。

我们多么需要，

斗志昂扬，信心百倍。

我们多么需要，

团结统一，步伐整齐。

我们多么需要，

铁的纪律，令行禁止。

我们多么需要，

《论共产党员的修养》，

它曾经给过我们无穷的热，

难以估量的光。

今天，为什么不能再向它汲取？

难道非得把粮食束之高阁，

凄凄惶惶嚎寒啼饥，

只有那样才是无产者吗？

前进者鼓足干劲，

踟蹰者齐步向前，

彷徨者醒来吧，

学习吧，

实践吧，

如今已是迫不及待的时机！

写在《论修养》封面上（二首）

陆幸生

一 历 史

用千万吨毁谤的墨汁，

涂抹和浸泡的封面，

经过十亿人爱的洗濯，

呈现出北国雪一般的清白。

用千万吨诬陷的文章，

蒙盖和镇压的姓名，

经过五千天冤的暴晒，

闪射着安源煤特有的光彩。

一页黑白分明的劫后的历史，

决不是植物的灰烬、动物的遗骸——

它是大地的精华，

今天，正燃烧在崭新的时代！

二　当　初

这是本被判过死刑的书，

中间横躺的一道红色——

不是绶带，

而是捆绑的麻绳。

笔直的，可以想见

当初勒得多狠。

这是本被腰折过的书，

中间横躺的一道红色——

不是花环，

而是致命的伤痕。

笔直的，可以想见

当初砍得多深。

野心欺骗良心，

用皮带去进行批判，

兽性蒙蔽人性，

用拳头去实施围困。

多么宽的伤口呀

当初他肯定很疼很疼！

使他更疼的，是他看到，

真善美的丧失和沉沦——

党的民主和法制，

人的修养和理性……

啊，《修养》

毛建一

我觉得，张志新的答辩书上有些话，仿佛在什么书上见过……

崇高的话语，多么眼熟，

在哪本书上，我曾经拜读？

真理的音符，震人耳膜，

伟大的灵魂，靠什么雕塑？

啊，《修养》，是红色的《修养》！

十年前，我为批判毒草读过这本书，

然而，我的思想却转了一百八十度，

原来《修养》竟是那么感人肺腑……

今天，从张志新的话里，

我又闻到，《修养》扑鼻的香馥。

从张志新的身上，

我又看见，《修养》红光耀目！

当法律被玩弄，真理被奸污，

张志新，英勇地挺起胸脯，

一个真正的共产党员站起来了，

像一棵拔天的大树！

多少党的优秀儿女，不也从中

吸取了真理的阳光，生命的雨露？

——从雷锋，到陶铸，

从欧阳海，到焦裕禄……

只有魔鬼，才痉挛着每一根神经，

向《修养》举起了冷森的刀斧，

十年间，万炮乱轰伐《修养》

可人民却在心中暗暗将它卫护。

面对着，五十八年的党史，

谁都会说：

十年的动乱，

使党风已腐败到何等地步！

面对着，三千七百万的党员，

谁都敢问，

有几分之几，

才真正称得上人民的公仆。

看够了，妖虫的弹冠，功臣的受诛，

还有，王小平的"后门"，某将军的楼屋，

看够了，庸俗的阿谀，自私的灵魂，

还有，成千双的小鞋，成万吨的贪欲……

马列主义者就不要修身养性？

共产党员就不需名实相符？

《修养》就不属于马列的宝库，党的财富？

那么，还谈什么"唯物"！

我，一个人民共和国的善良公民，

一个共产主义的忠实信徒，

要勇敢地打开良心的窗户，

高喊一声："《修养》呵，好书！"

犁 铧 颂

重读《论共产党的修养》

张正常

《修养》呵，你是一部闪光的犁铧，

曾把多少思想的土壤开拓，

荒芜的土地变成绿色的沃野，

幼苗长成大树，鲜花结出硕果。

然而，命运一度是那样难以捉摸，

春光初来，一场恶雨忽然降落；

阴风恶浪把一切美好的东西席卷，

犁铧呵，你也被卷进泥潭湮没。

正像乌云终究遮不住太阳的光辉，

污水阻挡不住奔腾的江河。

少奇同志心血铸就的犁铧，

经过烈火锻炼更加锋利，亮似霜雪。

让我们重新学习这部光辉的著作吧，

用它破除头脑中残存的板结。

深深播进真理的种子，

结出更加丰硕的累累美果。

祭　礼

胡锡龙

我捧着一本新出版的《修养》，

来到一位将军的墓旁。

点燃书页当纸钱，

祭奠领我战斗过的首长……

片片书页化作只只飞蝶，

迎着轻轻的晚风，飞向云端。

将军啊，您此刻魂在何处？

请来重读您喜爱的《修养》！

多少年您把它揣在胸前，

穿过太行云，越过长江浪。

朝晖和晚霞映红您翻开的书页，

也照亮了将军的心灵之窗……

谁料一场"大批判"的烈火，

刹时把《修养》烧得精光；

您却仍珍爱这本"黑书"，

只是贴了一张"毛选"封皮把它收藏。

这就成了你的"反革命"罪证，

皮鞭锁链把您驱赶进坟场。

临终前，您心里还在掂挂：

《修养》总该不会死亡？

而今，乌云散尽，日月重光，

《修养》重新回到我们生活的海洋！

但愿今宵天上人间读书会，

共借这分外明亮的月色星光⋯⋯

闪光的明珠
重读《论共产党员的修养》

陈松叶

在八十年代的

第一个春天，

我请同志们，

重读一本书。

捧起这本书呵，

洗去盖满的尘土、血污，

像捧起一颗明珠，

闪闪发亮，光彩夺目。

它像春天的风，

它像登山的路，

它像山中的泉，

它像常青的树……

翻开书呵，往事历历，

合上书呵，长歌当哭！

想起这本书的历史，

慨叹它的生死荣辱……

历史就是这样无情，

对谁都毫不含糊！

第一个被打翻的人，

最后一个得到恢复；

第一个蒙受奇冤的，

最后一个还他本来面目。

我们是多么怀念他呵，

怀念中，有多少痛苦……

是的，他死得太惨，

蒙受过最大最多的耻辱！

思念之情呵，

难道仅仅只有泣哭？

万众汇聚在党的旗帜下，

组成浩浩荡荡的队伍；

相信前途是十分美好的，

我们有那么多马列的书；

必信未来是满有希望的，

我们是伟大勤奋的民族。

感谢刘少奇同志，

留下了这份宝贵的精神财富。

今天，重读这本书吧，

它是一颗闪光的明珠！

红色标线

读《论共产党员的修养》

耿 英

我曾经写过一首诗篇，

题名叫做《红色标线》。

在二十年前那首短诗里，

有着这样的语言：

"在读书的时间，

我有一个习惯；

当念到重要的地方，

画上一条红线。

在《论共产党员的修养》中，

曾画着很多很多红线；

我要沿着这红色标线，

奔向共产主义明天。"

在十载浩劫的初年，

《修养》被滥肆批判。

我悄悄将那首诗烧毁，

说明我怎样的怕经受考验。

那诗稿虽有十多年不见，

但诗句仍留在我的心间；

随着时年的流逝啊，

那标线越发红艳。

在八十年代的头一个春天，

我再把《修养》仔细诵念；

在画着红线的段落，

再画上一道道红线。

一个伟大形象

在我心底出现；

我一边深深地感到羞愧，

我一边深深地把他怀念……

我将更加坚定地，

沿着这条红色标线，

在新长征的路上迅跑，

奔向二〇〇〇年！

重读（外一首）

于　干

像重逢阔别多年的战友，

似孩童找见离散的亲娘；

颤抖的双手捧起《论修养》呀，

紧贴在热血鼎沸的胸膛。

读呵，一字一句一行，

读呵，一段一节一章；

耳畔响着领袖亲切的教诲，

眼前耸起四化航船的帆樯。

假　如

假如党的每一个儿女，

都能真诚地照此修养，

像张志新那样宁死不屈，

如昌士才那样铮铮闪光……

党的肌体定会健壮无比，

也不会遭受如此深重的创伤。

如今，一部《论修养》重见了天日，

党也恢复了光辉的形象！

写在《修养》扉页上

佚　名

郑重打开发黄的封面，

轻轻拂去岁月的尘烟——

"将灵魂在烈火中熔炼，

做一个真正的共产党员！"

真理的火焰呵，

重把我的情思点燃……

甘露阳光哺育纯洁的心田，

扉页上曾写下我炽热的誓言。

红旗和青春交相辉映呵，

胸中扬起理想的风帆。

生活的每一个脚印，

都踩着前进路上的鼓点……

翻云覆雨，多少灾难，

时髦的词句把扉页涂满。

千呼万唤君何在呵，

迎春花为您编扎昭雪的花环。

《修养》劫后又见天日，

扉页就是不容忘却的历史档案！

书 和 火

郑成义

谁曾预料辽阔的国土，

竟容不下一本书！

谁能相信光明的火炬，

会淹没于信口编造的满天谣谬！

掸落岁月的尘封

——我捧起一本书；

回溯苦海的沉冤

——这书，该怎么读？

书——一本蒙冤的书，

曾是旷野的星，窑洞的烛，

书——一本遭难的书，

曾是渡口的灯，炉中的火。

拾得起的是被撕的书页，

拾不起的是愧疚的泪珠。

面对被锁的普罗米修斯，

我惊悸鹭鹰的凶残与冷酷……

今天，春风终于拂尽封尘，

书页掀开一片新绿，万物复苏；

我捧起《论共产党员的修养》，

何只是愤恨、忧郁化宽舒？

我们该像刘少奇同志那样，

将自己燃烧，为革命探路！

——一个共产党员理该心中有火。

不避风风雨雨，何辞朝朝暮暮！

鲜花·镜子·丰碑

重读《论共产党员的修养》有感

少　丁

你本是一株鲜花，

绽开在人们的心底。

以你纯净的芳香，

熏染着读者的灵魂。

但在那昏黑的年月，

你被说成是毒剂，

是非竟如此混淆！

——原来是强盗们的逻辑。

你本是一面镜子，

揭示出人生的真谛。

以你强大的魅力，

化腐朽而为神奇。

但在那苦难的时日，

你被贬谪成黑旗，

黑白竟这般颠倒！

——原来是骗子们的惯伎。

你本是一座丰碑，

耸立在时代的峰际，

同你的主人一样，

光辉普照着大地。

但在那冰冻的寒夜，

你被诬蔑为粪堆，

真假竟任意偷换！

——原来是恶棍们的毒计。

印在心上的书

谈《论共产党员的修养》

郭继联

曾把共产党人的灵魂陶冶，

曾把革命者锻成铮铮钢铁，

肩住了历史的闸门，

使革命减少了无数曲折。

岂料到会有一场浩劫，

几个恶魔竟妄想把她焚灭。

放出了野蛮、残暴、罪孽，

企图让愚昧来统治一切……

手中的书呵可以被烧掉，

印在心上的书不会少一页，

历史这位真诚的老人呵，

不会因狂犬吠叫而丢弃一切。

今天她终于又重放光彩……

这人类良心凝成的章节，

她将在新时代的道路上，

推动着四化这辆飞驰的列车。

迟送的花束（二首）

敬献给刘少奇同志

程蔚东

位　置

　　一位老党员，把冒着风险珍藏多年的《论共产党员的修养》又庄重地放回到书架上……

是的，当她失去应有的位置，

一切也都失去了应有的价值。

谬误对真理横加鞭挞，

邪恶对正义实行专制，

信仰和希望受到愚弄，

人民和祖国惨遭浩劫。

尽管蒙受太多太多的灰尘，

尽管沉默太久太久的时日，

然而，用唯一不能剥夺的意志，

她坚信永远不会失去同志。

沉默何尝不是斗争的颂歌，

谱写的仍是真实和严酷的历史。

不是吗？风雨中搏斗着的战士，

何曾动摇过她在心中的位置。

污染的党风需要整顿呵，

失去的传统必须继承……

为此，"红小鬼"何惧监狱囚禁，

元帅巍巍然站着去死……

眼前，老党员颤抖着双手热泪涌流，

深情地，深情地把她凝视。

他分明看见呵，雨洗更蓝的天空中，

飘扬的仍是鲜红而且壮丽的党旗；

他显然看见呦，欣然复苏的大地上，

行进的仍是整齐而且坚实的步履。

历史，岂能抹去！

在那动荡的年代，著名油画《开国大典》也遭到卑鄙的篡改……

一幅油画，可以篡改，

历史，岂能抹去，

人民敬仰的领袖群像，

怎能没有你！

甚至，持续了那么多年，

不知道，你在哪里？

可是篡改的只能是油画，

不能篡改的是铁的历史。

野心家可以把自己画上史册，

却逃脱不了历史审判的决议。

回来吧，我们的少奇同志，

回来吧，我们的国家主席。

能够抹去你画上的形象，

不能剜掉人民心中的你：

安源山是你高耸的丰碑；

不朽的《修养》是你坦露的心地；

白区的战友又射出警惕的眼神；

延安的小兵仍接受着你的哺育……

今天，《开国大典》恢复了原貌，

不，恢复的是抹不去的历史！

那欢呼的场面不正似当年：

暖风中微微摆动的大红灯笼，

万头攒动纵情欢跃的人民，

瓦蓝高阔的玻璃似的天宇……

我们未来年代的子孙们呵，

当你们把这烙痕抚摸，

就请思念

一个不朽的英魂，

以及亿万个被蒙骗者！

古潜山歌

沙　白

　　重读刘少奇同志的《论共产党员的修养》，突然想起华北油田地下的古潜山：

由于一次火山爆发！

由于一次剧烈地震！

像艨艟舰沉入海底，

你陷入了深深地层。

仍然有巍峨的层峦，

仍然有高峻的险峰，

仍然有峥嵘的骨架，

不过盖上厚厚泥尘。

太阳也曾天天照临，

月亮也曾夜夜垂青，

云曾经那样的迷恋，

风曾经那样的深情！……

一切都在刹那间结束，

又在漫长岁月中完成。

陷落进地底依然是山，

即使泥沙窒息了生命。

出于什么样的启示啊，

人民瞩目于地下千寻！

这是何等伟大的发现：

地层深处有峻岭万仞！

不仅仅是震不毁的岩石，

怀抱里竟有奇宝异珍!

不仅仅是灼人的岩浆,

胸膛里还有石油滚滚!

谁说生命已经熄灭——

会在钻机呼唤下苏醒;

仍然那样充满生机——

春风里化成烈火熊熊!

十年风雨冷却多少炉膛,

快烧旺炉火,烧旺热情!

古潜山醒来得正是时候,

为四化献亿万卡热能!

读《论共产党员的修养》

嵇亦工

至今还不知你是怎样的封面，

虽然我入党已整整三年；

今天，庄重地打开你的扉页，

打开了一个真正党员的心田。

这是用笔墨书就的吗？不！

是用心蘸着党旗的颜色写撰；

让我们踏着你字迹的阶梯攀登吧，

去争做一个名符其实的党员！

情满花明楼

◎ 在农村简陋的办公室工作。

◎ 同家乡的农民座谈。

◎ 走访农民家庭。

◎ 在宁乡县召开商业问题座谈会。

◎ 在人民群众中间。

◎ 在湖南农村调查。(1961 年 5 月)

情满花明楼（二首）

倪 鹰

路

1961 年 5 月 3 日，刘少奇同志回到了阔别近 40 年的故乡。

一路奔波，一路尘雾，

小车在花明楼前戛然停住，

急匆匆走下一个矫健的身影，

情切切，踏上通往旧居的小路。

他走一走，又停一停，

俯身捧一掬路边的泥土，

是在寻味乡土的风情，

还是在把儿时的旧景回顾？

他深邃的目光注视四周，

呵，色调暗淡，视野模糊，

青山脱下了葱茏的衣衫，

田野里到处是一片荒芜。

没有行人，不见炊烟，

只有流水淙淙如泣如诉，

他焦虑地理着满头白发，

深情地凝望着周围的一草一木。

一节路呵，一个惊叹号，

掀动情怀的浪涛激荡起伏！

一个弯呵，一个疑问句，

这条路到底通向何处？

他走一走，又停一停，

紧皱的眉峰忽地展舒：

对！实践才是通向真理王国的捷径，

应为人民大声疾呼！

这条路呵多像一条纽带，

紧连着他与人民的肺腑；

这条路呵多像一道温泉，

缓缓地流入冰冷的门户。

旧　居

屋后，几棵绿树撑伞，

门前，一池碧波相照，

青山环抱的炭子冲旧居，

像明珠嵌在花明楼的心上。

它没穿着华丽的衣衫，

却引人依恋、了望；

它也没有特殊的装饰，

却令人咏叹，歌唱！

夏天，人们常来这里，

歇一歇，浑身似清泉流淌；

冬日，人们路过这儿，

望一望，胸中像炭火正旺。

几十年了，它总是平平常常，

青瓦盖顶，黄土筑墙，

即使主人当了国家主席，

也丝毫没有改变旧日模样。

那年刘少奇同志重返故乡，

在这里度过了七夜难眠的时光，

房间中印满他踱步的足迹，

庭院内回荡他亲切的声响：

这屋子就让它普普通通，

决不能搞成纪念馆、楼堂，

"五风"刮掉了多少社员的房屋，

我把它分给无房的老乡……

呵，刘少奇同志的旧居，

谁能计算出它的容量？

它装着主席的关怀、恩情，

它装着人民的敬意、景仰。

春到花明楼

忆刘少奇同志 1961 年回家乡情景

周保林

雪压的柳枝昂起头，

冻僵的花草放歌喉，

刘主席含笑披朝霞——

回到花明楼。

宽阔的胸怀暖烘烘，

好像要把故乡搂，

开言问声乡亲好，

巨手拉茧手。

先问吃的有没有？

再问穿的够不够？

问了田里问山上，

泪水相对流。

问罢长叹一口气，

站在楼上望神州，

千山万壑肩上挑，

沉沉压心头。

是您看得那样深，

是您想得那么透，

全知人民心和愿，

不教春天走。

犹似安源举火把，

怒除"五风"精神抖，

春风春雨溶冰霜，

年年唱丰收。

谁知春日不长久，

云涌雾盖北风骤，

一卷大地寒冬到，

十年风满楼。……

喜春又到花明楼，

我迎春光抒心曲，

告知九泉慰英灵：

春天不再走。

花明楼的翠竹

陶 杰

冬云雪压，冰冻了千山万水，

刚劲的翠竹傲睨衰败的群芳百卉；

春天又回到了解冻的大地，

翠竹啊，更显得挺拔俊美！

记得是六十年前，

他为了追求真理振翅高飞；

吻别亲手栽种的依依新竹，

毅然跨出了温暖的门楣。

数十年出生入死，

心灵注满马列的光辉，

为了在中国建起天堂，

又熬过一个个艰苦的年岁……

多少次雪来压，

几多回风来摧，

它屹立在花明楼前，

拂动云霞，枝叶青翠！

匾 的 故 事

倪 鹰

　　花明楼公社的人民群众，重新挂起了保存了十三年之久的"刘少奇同志旧居"木匾，热烈欢呼党的十一届五中全会公报的发表。

挂起来！快挂起来！

一张匾引得山欢水笑。

它嵌在家乡人民的心中，

夺目的光彩把历史回照。

难忘那惊心动魄的昨天，

花明楼被涂上阴暗的色调，

突然，旧居的木匾不翼而飞，

莫非它也不忍目睹这场骚扰？

于是，惊动了一队"勇士"，

他们踢开每扇门窗搜抄；

于是，恼怒了一群"闯将"，

他们冲进公社厨房收缴。

蓦然，炊事员匆匆赶来：

"勇士"们，你们辛苦了！

这木匾是我手下的砧板

你看，我时时对他万剐千刀。

一句话，似珠玉落盘，

"勇士"们听得咧嘴狂笑，

一句话，如行云遮月，

掩护得何等自然、巧妙……

当五中全会的春雨洗亮金匾，

当年的炊事员不禁热泪下掉，

挂起来，快挂起来，

快挂起家乡人民的骄傲！

匾　　赋

袁伯霖

花明楼的社员，把珍藏了十几年的"刘少奇同志旧居"门匾重又挂上……

挂起了：一块金匾……

了却了：一桩心愿……

拂去了：万缕愁丝……

弹响了：万根心弦……

早就巴望着这一天——

这一天，乌云散尽，红日高悬；

467

情满花明楼

早就等待着这一天——

这一天，人心思治，万水归川。……

虽说历史的航船曾经搁浅，

但是冰化雪消，它照样破浪向前；

忘不了建国的元勋含冤十载，

如今云开雾散，更现出红日青天！

你的功绩，历史不会遗忘，

你的名字，永在人民心间。

把金匾更高地挂起吧！

这是人民胜利的宣言！

炭子冲

袁伯霖

这个地名多么陌生——

却诞生了一位开国功臣。

莫非就因为有个"炭"字，

真理也该蒙上"黑"的灰尘？

这个地名多么亲切——

共产党员，就要有"炭"的献身精神，

把每一个细胞都化成光焰，

使人间不再有黑暗和寒冷。

呵，这个地名陌生而又亲切，

唯其陌生，才更可敬！

做一块燃烧的"炭"吧，

告慰少奇同志在天之灵！

乡亲的盼望

谢绍其

一年年呦一岁岁，

多少乡亲盼您归，

望断春山，

望穿秋水……

今日东风起，

梅花报春归。

少奇同志请回故乡，

看看山秀水媚！

来看我的新瓦屋，

再不是那年的梁断墙毁；

再尝尝香甜的米酒，

再不是野菜糠加盐水……

盼您归,

几时回?

但见花明金楠竹,

甩却冰霜云里翠!

盼您归,

再难回,

英灵或在望乡台,

遥对故园洒热泪……

⊙ 情满花明楼

沉痛的教训

◎ 出席在北京举行的中国共产党第八次全国代表大会，代表中央委员会向大会作政治报告，并在八届一中全会上当选为中共中央副主席。

◎ 同王光美瞻仰南京雨花台烈士墓。（1958 年 9 月 28 日）

◎ 出席中共八届九中全会。会议正式通过对国民经济实行"调整、巩固、充实、提高"的八字方针。

◎ 刘少奇代表中共中央作报告，初步总结了我国社会主义经济建设的基本经验教训，分析了 1958 年"大跃进"以来工作中的缺点错误，严肃地进行了批评与自我批评。指出目前的许多困难，在很大程度上是由于工作上和作风上的错误引起的。强调要踏踏实实地做好调整工作，坚持实事求是、群众路线的作风。

◎ 1966 年，毛泽东错误地发动"文化大革命"，被林彪、江青反革命集团所利用，给党、国家和各族人民带来严重灾难。刘少奇在"文化大革命"开始后不久，即遭到错误批判和诬陷迫害，被迫离开了领导岗位。

◎ 中共八届扩大的十二中全会在极不正常的情况下，批准了在江青、康生、谢富治等人主持下用伪证写成的《刘少奇罪行的审查报告》，造成了党的历史上最大的一桩冤案。图为"文化大革命"中的天安门。

沉痛的经验（外一首）

悼念少奇同志

(1980 年 3 月 1 日晨)

艾　青

我老了眼睛不好，

看谁都有两副脸，

而且会颠倒过来，

头朝着地脚朝天。

还有耳朵也不灵，

听什么都很艰难，

你说白我听成黑，

你说方我听成圆。

常常埋怨这世界，

像肥皂泡飞上天，

垒得整齐的积木，

忽然自己来推翻。

经过这些年磨难，

悟到沉痛的经验，

被颠倒了的事物，

必须颠倒过来看。

生命和时间

(1980 年 5 月 14 日)

离开了时间，

就没有生命，

生命和时间，

紧紧相依连。

失去了时间，

生命成了虚幻，

没有了生命，

时间成了云烟。

我们所丧失的，

不是三年五年，

过去十年二十年，

时间等于空转。

我们所荒废的，

不止是一代青年，

而是千千万万人的，

大江奔流的时间。

史无前例的浩劫，

给我们留下时间的空白，

该用多少人的劳动，

才能把失去的时间偿还！

献上我心上的花朵

贺晓风

那还是在戴红领巾的时候，

我这样称呼您：刘伯伯。

那时，您的另一个伟大的名字，

同时占据我充满阳光的心窝。

一切都来得这样突然——大字报

交给我们一个哈哈镜里的人物：

那被扭歪了的形象，

那被紧缚着的胳膊……

我们都有过惊愕，

但立刻被"革命的名义"震慑；

我们也曾经怀疑，

但马上被砍断了思索。

为了说明虔诚，

我们必须忏悔自己的"罪过"；

为了表示决心，

我们曾将《修养》投之于火。

我们变成了一条大河，

掀动着滚滚的浊波；

我们是这河中的浪花，

而您被冲得无处停泊……

您悄悄地去了，

在痛苦中告别您的人民，您的祖国；

您悄悄地去了，

正是在那"如火如荼"的时刻。

没有葬仪，

没有挽歌，

甚至没有一滴泪水啊，

能托起您生命的舟舸！

当历史在痛苦中前进，

人民也在痛苦中思索：

这一切都为了什么?!

这一切都说明什么?!

今天，党宣布为您平反昭雪，

我揪着的心啊才被解脱。

我希望您能接受我献上的这朵小花，

用我的心血，和我深深的自责。

我甚至还想，我应当说些什么，

但是，我又不知道该怎么说。

因为，过去的我啊——

已经说的太多太多……

然而，我却还要说，

这就是——

让历史永远记住这教训吧，

人民，再也不能充当这样的角色！

沉痛的悼念（二首）

何昌正

一

真不愿想起您的姓名，

您的名字要刺痛我的心；

真不愿望见您的遗像，

在您的像前我们有道不完的悔恨。

您在不屑子孙的辱骂中死去了，

这辱骂里也有我无知的声音；

您在莫大的陷害中倒下了，

就像践踏一棵小草的生命。

您含辛茹苦创建我们的事业，

为革命献出了全部的忠诚；

今天终于洗清了您所蒙受的冤屈，

我们的心中也抹去了最大的阴影。

二

我永远不会忘记您那满头鬓发

我永远不会忘记您那满脸皱纹。

我希望您的灵魂永远不再受到冤屈，

我希望人们永远记取这沉痛的教训！

我愿以生命中绽放的每一束鲜花，

敬献给您和所有含冤九泉的忠魂……

沉　痛

黄亚洲

那些年，这个名字，

人人都念过。

仅仅是念过？

叫过！嚷过！咒过！

这些年，这个名字，

人人都想过。

仅仅是想过？

呼过！哭过！喊过！

那些年，他曾看见我们

拳头此起彼落——

从每个会场，每张报纸，

到每架专栏，每座厕所。

这些年，他再看不见我们，

我们每一个愧疚的心灵里，

都捧着一个

被泪水打湿的骨灰盒！

教训的沉重，已不用细说。

凡是人，都受着党性和良心的双重折磨。

历史举起无情的烙铁，

在身上烙上了一个字：错！

心灵的忏悔

张劲松

春风，吹化了雪花，

春雨，染绿了柳芽，

我折一支刚开的红桃，

来到少奇同志的像下。

这本该是我纪念入党的喜庆，

我却是非常痛苦地度过它。

忏悔，内疚像一条皮鞭将我抽打，

真理，正义撞击我心头的闸……

推不开呵，那一幕幕，

一幕幕，都把悔恨写下；

无知的我曾戴上鲜红的臂章，

以"闯将"的名义向"黑司令部"冲杀。

大街小巷，将你这真理的战士无情诅咒，

昏暗的舞台，将你光辉的形象肆意践踏。

于是，践踏真理的我呵，却成了真理的卫士，

就在二十年前的今天，宣誓在党旗下……

啊，我终于醒来了，

认清了真理同人民不能分家；

终于，我认清了：

过去做了蠢事，把你踏在脚下！

而今你与真理一起复苏了，

面对你我应该说些啥？

原谅我吧，少奇同志，

原谅一个受了欺骗的娃娃！

我献上一枝春天的桃花，

让她永伴你的生涯。

请相信我，也会沐浴雨露，

做一株党的希望之花。

醒　来（外一首）

嵇亦工

当八十年代第一阵春雷炸开，

严冬已经过去，恶梦也彻底醒来，

你墓地两朵迎春花绽苞了，

像你一双慧眼，闪烁着欣慰的光彩。

花儿迎接着春光在大地降临，

你喜看人民又将头颅高抬；

于是，你悦心地笑了，安祥地睡了，

但醒来的祖国，再不愿沉睡，徘徊……

愧

这纵然不是我的罪过，

但我毕竟曾为罪恶助威，

我曾虔诚地参加"革命"，

却打倒了革命的栋梁，人民的英魁。

尽管你不会将我责备，

可我又怎能不绞心地惭愧？

我惭愧，并不因为你已平反，

而是因为你再也不能返回……

沉痛的教训

大　地

金珠玉

呵，那条生硬的路，

我该怎样回首，

去拾取痛惜的回忆！

我没有忘掉，是因为，

我曾庄严地在一排领袖的画像前

行过第一次队礼。

呵，党的领袖，开国元老

哪一年的新春，不曾怀着崇敬

把您们的画像擦净，挂起！

无限的恨啊，

在突然倒挂的名字下，

我失去了对您的敬意。

像浪子回头，

我回首云雾过处

您竟离去，无声无息。

历史记得您，

您的丰碑就是您钟爱的大地，

面对祖国大地我们宣誓：

为了明天，从我做起！……

心中的歌

冰　夫

一

哀思如煤，埋藏得越久，

越能射出炽热的光焰。

二

您不追求伟大、永生，

只把赤诚的心留给人间。

三

没有人给您戴过一朵白花，

安源煤天天给你佩戴黑纱！

四

别说你当初没有墓地安眠，

不！您的坟茔是人民的心田。

五

党为您奏起了庄严的哀乐，

人民向党发出由衷的称赞！

一次难忘的握手

严　阵

人的一生中，有过多少次握手？

轻轻一握，不过像那过眼的云烟！

有谁想到，一次普普通通的握手，

竟会掀起一场终生难以忘却的波澜？

时间已经过去很久了，已经过去很久很久了，

是一九五八年那次全国青年代表大会期间，

中央领导同志，在中南海，把全体代表接见，

轻风，花树，年轻的祖国，使我堕入初恋。

当时我作为一个青年诗人，站在行列的前面，

我清清楚楚记得，震荡了我的灵魂的那一瞬间。

踏着萋萋芳草，刘少奇同志在掌声中出现，

距他数步之遥，是我们敬爱的周恩来总理，

他当时依旧清俊潇洒，风度翩翩……

少奇同志一面向大家招手，一面走过来，

他含笑的双眸，洋溢着一种柔和的光线。

他经过我面前时，很自然地伸出了他的右手，

把我的那只手，握进了他的手掌中间。

正在这时，一群摄影记者赶了过来，

几乎不约而同地，拍下了这个生动的画面。

想不到第二天朝曦初露，早霞新添，

报纸上便登出了记者拍下的这张照片……

事情本身就这么平常，这么简单，

当时谁也没有想到，照片会引起什么事端。

可是事隔八年之后，十年动乱开始了，

我作为刘少奇接见的诗人，当然免不了一场灾难！

于是，我便开始用这只手，这只被他握过的手，

去接受种种从来没有思想准备的严峻考验：

我记得，一个深秋，一个深秋的夜晚，

萧萧木落声中，我就是用这只手，把白符号挂在胸前，

从此以后，人们见到我，便低垂下他们的眼帘，

因为那符号上写着："黑诗人,反革命集团成员"。

那一夜，我在稻草铺的地铺上，难以成眠，

听着窗外秋风秋雨，脑际不由思绪万千：

我是一个在北方的农村中土生土长的孩子，

参加革命，还是不满十五周岁的少年，

是党的培育，使我走上了文艺创作的道路。

没有党，能有我吗？党的恩情我牢记心间。

党在我心中是神圣的，没有她，我会感到天昏地暗。

我心灵的宝座上，永远亮着她明灯的光焰！

那怕脸上有灰尘，她也是生我养我的慈母啊，

她的血液，日夜在我血管里循环……

我会反对她？这完全是莫名其妙的奇谈。

那一系列的罪状，起码是出于痴人的梦魇！……

可在当时，这一切怎能容人细说？

和刘少奇握过手，这已构成铁证如山！

啊，于是，于是我便用这只手洗刷厕所，打扫庭院，

在自己门口上贴上布告，说明这一家有个罪犯……

斥责声中，用这只手去拨除阶前石缝中的小草，

去握住板车的扶手，在坎坷的雪路上负重往还……

更难忘记，在那个十月，在那个十月的夜晚，

就是刘少奇同志被宣布开除出党的那天，

面对着红灯高挂，鞭炮齐鸣，锣鼓声喧，

一场风暴，突然袭击了我和我"牛棚"里的同伴：

"你们的总后台倒啦！你们永远别想翻案！……

啊，不须要再写了，这些事情有什么新鲜？

回首惊望，真是那弹痕遍地，炮火连天！

十亿人中又有多少没有领略这样的境遇呢？

我们只能从历史的悲剧中，总结不可多得的经

验！……

当年和刘少奇同志握手，不知为什么，我没有写诗，

想不到这次握手，却孕育了今日的诗篇。

啊，这是我和他的第一次握手，也是最后一次握手，

现在想来，那情景好像仍在眼前。

可是历史毕竟在不断地向前推移啊，

中国已出现了一个崭新的安定团结局面！

面对着这初升的曙光，遍野的浅绿，

我不由看着自己的手，把少奇同志悼念：

安息吧，少奇同志，中原已非昔日的中原，

党的暖流，正在推移珠穆朗玛巨大的冰川！

青山嫩红里，新来的布谷，正在为你歌唱，

绿柳金条下，古老的黄河，正在为你鸣咽！

而我，将以这只被你握过的手，更好地工作，

把取得的成绩，作为向你献上的花圈！……

我唱着怀念的歌

王熔岩

我曾是那样愚蠢，

轻信奸佞的蛊惑；

我曾经是那样的幼稚，

以为脚下的路，不会有错。

当有人叫喊打倒您的时候，

我也曾举起拳头大声附和……

呵，严峻的斗争教人学会思索，

迷惘中，我终于明白了些什么！

于是，我不在瞎喊狂呼，

我盼望您重新率领人们走向美好的生活！

于是，我悄悄唱着怀念的歌，

将您伟大的形象铭刻在受伤的心窝……

寻　访

贺东久

沿着黄河故道，

我千里来访寻，

寻访您的足迹。

处处有知音。

八十的爷爷见过您，

言未尽，泪先盈；

"那年他化名胡服，

就住咱们家……"

新四军战士见过您，

"他当过我们政委待人亲……"

大娘拉我忆旧事，

小伢子也来扯衣襟。

谈及您的死，

人人脸变阴；

风暴连根毁大树，

不知哪年哪月哪时辰！

只知您的死啊，

是真善美的一次失败；

只知您的死，

是假恶丑的一次侥幸。

呵，沿着黄河故道，

我千里来访寻，

且喜风拂拂，

红了枝头桃杏……

沉痛的教训

我寻找……

莫　非

在暗夜里，沿着那条条小路，

我竖起耳朵寻找你脚步的音响；

在晨光中，踏着那朵朵彩霞，

我圆睁着双眼寻找着你伟岸的形象。

我寻找，你遍体伤痕的生命，

问遍了所有的高山，所有大江；

我寻找，你横遭蹂躏的灵魂，

走访了每个角落，每个地方……

我问安源山，安源山频频摇头，

我问惠济河，惠济河浪涛翻卷。

多少痛苦的声音把您呼唤，

掺和着觉醒和悔恨的声浪——

呵，我寻找，寻找了这么久，

才发现，你就在人民的心房。

一撮尘土怎能掩盖得住历史？

千秋功罪分明写在人民心上！

沉痛的教训

记得时传祥

张志民

看到全国劳动模范、掏粪工人时传祥和刘少奇同志的合影照片,感慨万端。

揣一块

——糠子饼

十五岁

就离开了家!

乡里给你的是

——苦果,

城里等你的是

——苦瓜!

卖力气——

已经是生活的底层,

而你——

更生活在"底层"

之下……

盼星，盼月，

总算是——

铁树开花！

做梦也想不到呵，

一个掏粪工人，

作为——

人民的代表，

你和国家主席少奇同志

相依拉话

——同桌吃茶！

你不感觉到

——拘谨，

他不认为你

——低下。

就为这张合影呵，

你竟被说成是

——"粪霸"？

沉痛的教训

多少遍

押上卡车的

——游斗，

多少次，

皮鞭木棒的

——毒打！

再也背不动粪桶了，

一个铁塔似的

——大汉！

竟再也不能走

——只能爬……

传祥同志！纪念你，

我们还能说些

——什么话？

让这张照片去讲吧！

人世间——

没能允许你们

——再次重逢！

但愿你们

于九泉之下，

再一次地

相依拉话

——同桌吃茶。

可以谈论，

你们的清洁队，

也可以谈论

我们的国家……

沉痛的教训

赤子之心

江　城

无情未必真豪杰，怜子如何不丈夫，
知否兴风狂啸者，回眸时看小於菟。

——鲁迅

一个最小偏怜女，

承受着父亲的抚爱；

千千万万个孩子，

常挂在领袖的胸怀。

几十年跋山涉水，

企盼着神州大地春如海；

无数次出生入死，

只为了繁华似锦的未来。

到而今斑斑鬓发，

赤子之心从未丝毫改；

看额角缕缕皱纹，

依然镌刻着心红志未衰。

您怎能料到啊，

狂风摧折了多少栋梁材！

您何曾想到啊，

毒雾腐蚀着一代又一代！

吸吮了寒霜长大的，

该知道春雨的甜味；

擦干了血污站起来的，

莫再把凄清泪水洒满腮。

今天，您的英灵在哪里？

笑声飞到九重天外；

您回来吧，回来吧，

慈容和亿万孩子永远同在！

脚

梦悼刘少奇伯伯

刘舰平

　　梦中，我的脚颤抖着，去灵堂寄悼敬爱的刘少奇伯伯。虽是在梦中，良心却醒着……

　　良心呀！

　　请拖动我这双悔恨的脚。

　　尽管我的鞋底

　　被伤心的泪水擦洗过，

　　然而，它不能洗掉

　　那粘连在心灵上的

　　昨天的耻辱和罪过！

　　我要去质问

　　曾经有过的冷酷的现实：

　　为什么竟将一个伟大的生命

蹂躏残害，过早地

装进一只落满尘垢的骨灰盒？

呵，幼稚和愚蠢，

赶快离开我！

就是泪水把我浮起，

我也要一寸一寸地

爬向骨灰盒，

把我当年踩在他身上

留下的鞋印擦抹。

不然，它将是永远压在我心头的

耻辱的大山一座！

我这双天真无知的脚呵，

从娘肚里一落到地面，

路就现成地铺着。

过河，有桥，

出门，有车，

饱尝蜜一样的生活。

不幸我这稚嫩的心，

太容易被人诱惑。

我终于虔诚地迈开一双

"立场最坚定"的脚，

去横扫一切，赴汤蹈火，

把一家家"牛鬼蛇神"的房门踢破，

卷入了揪斗"中国最大走资派"漩涡……

伯伯呵，您和老前辈南征北战，

耿耿丹心共理山河，

一心改变财富比人口少，

愚昧比知识多的中国。

可我像是中了魔，

把极左者准备的脏水往您身上泼。

而您，坚持真理的无畏战士，

却挺立着，深深地沉默，

只留下一声

对我这样年轻人的痛心叹息，

和对极左者的两眼烈火！……

您死不瞑目呵，

"叛徒、内奸、工贼"的罪名

竟替代了您矢之不移的党旗，

像脏布，把您的英灵包裹……

为什么，"批刘"越升级，

人民的血泪却越流越多？

为什么，"旗手"越得意，

祖国的天空却越来越污浊？

现实呵，带着严峻的思考之火，

简直要把我无情地溶灼！

那麻醉十年的迷魂汤，

终于沸腾着溢出心房，

不可止遏……

呵，问风，风呜咽，

问云，云泪落，

问歌，歌哽喉，

问梦，梦哆嗦……

我恨林彪、"四人帮"那伙恶魔！

他们阴毒的心和肮脏的脚，

践踏了多少青年的纯洁心窝！

此刻，我听见了

安源山噙泪的诉说，

浏阳河沉思的悲歌。

伯伯呵，刘少奇伯伯，

您巨人的脚步

似雷霆从我心头驰过，

痛定思痛，万语千言，

我该怎么说?！

轻轻地，轻轻地，

是您，亲爱的伯伯，

在我那流血的心灵上

轻轻地抚摸……

我听得见，您在说：

"别在悔恨中把岁月蹉跎，

要学会辨认和思索。"

放心吧，亲爱的伯伯！

您付出的代价唤醒了两代人，

使这双脚，也真正属于了我。

而今，您的生命，

正在我们身上一代代延伸，

一股新的血液，

正注进我的这双脚！

您看这广袤的田野里，

已长出了绿油油的真理稼禾，

那晨露般的泪珠儿，

不正在叶面上闪闪烁烁……

我坚信，不论还要付出多少艰辛，

它们终将结出甘甜的硕果。

伯伯，您听：

张志新的琴声，天安门的诗歌，

我们当今一代青年的呐喊，

多么像大海的洪波!

我们整队了、猛进了,

伯伯呵,请您检查我们的脚步,

看看在新长征的路上,

是勇往直前还是退缩?……

献上我心中的花圈

欣　秋

一

我心中的花圈,

不知编扎了多久了,岂止一年两年……

它不是纸扎的花儿,是血凝成的,

深深地嵌在我的心坎。

多少年了,我一直希望着,

希望着有那么一天，

能掏出收藏在我心中的花圈，

向一位伟大的人敬献。

盼呀盼呀！

终于盼来了这一天。

二

记得，当我还是一个不满二十岁的青年，

我便把《修养》当成最圣洁的诗篇。

不管是在解放战争的硝烟里，

还是在和平建设的基地上，

我都贪婪地读着其中的每句话语，

呵，我把它当做世上最美最美的语言。

您说的多好呵，一个党员——

"只有党与党的利益，而没有个人的打算"。

您说的多对呵，一个党员——

"应该坚强地建立党的观念"。

您知道吗？

这些话深深地溶解到我的血管里；

您知道吗？

这些话牢牢地渗透到我的心脏间。

正因为这样，为了解放全中国，

我愿把五尺身躯向人民贡献；

正因为这样呵，为了建设新中国，

我愿将一腔热血把大厦浇灌。

呵，谁会想到，有一天——

共和国的上空被乌云遮掩；

呵，谁会想到，有一天——

共和国的大地被瘴气迷漫！

呵，您，共和国的开国元勋之一，

一夜间，成了罪犯；

呵，您，伟大的马克思主义者，

一瞬息，被打成了"叛徒、工贼、内奸"。

多痛心哪，

我也曾轻易地相信过那些妖言；

多可怜哪，

我也曾天真地盲从过那些污陷！

为什么？为什么呵？

我不细细地思索您的昨天：

谁不知道，是您最早组织了中国的工运，

安源矿的星火是您亲手点燃；

谁不知道，是您领导收回汉口的英租界，

从帝国主义者手中夺回了中国的主权；

谁不知道，在遵义会议的历史关头，

您坚定地站在毛泽东同志的一边；

谁不知道，在抗日和解放战争的炮火中，

您又挑起了党的建设重担。

您呵，为革命也曾坐过敌人的两次牢监，

有哪一次能把您的革命意志扭转？

历史毕竟是颠倒不了的，

真理谁也无法把它砸烂。

路遥知马力，事久见人心，

红袍子怎能遮得住几颗黑心肝！

历史上的跳梁小丑们，

在不断地给共和国制造磨难。

他们手舞蝮蛇扭成的毒鞭，

"打倒一切"的毒液在四处飞溅！

我紧闭了双眼，

怎能不怀念那被砸烂了的"党的观念"。

他们打倒的岂止是您呵，

无数的老一辈革命者都受到株连；

他们打倒的岂止是您呵，

我和千百万党员被划成了"刘修党员"。

呵，为什么？为什么？

这时候，我才在噩梦中睁开了双眼。

于是，我看到了您，

您多像一位圣者，被缚在安源山之巅，

几只凶恶的鹫鹰呵，

正在啄食着您那赤红赤红的肝胆！

呵，血淋淋的，我的一颗心哪，

刹时间，也被啄成一片片……

您去了，

并未合上您的双眼；

您去了，

还在深沉地把祖国顾盼。

呵，多少回梦中，我曾把您梦见，

您仍在讲述《修养》那圣洁的诗篇。

噢，您讲得依然是那样地好，

我硬是百听不厌。

当一梦醒来，

泪珠儿湿透枕巾一片。

党呵，终于平反了这个最大的冤案，

难怪今年的春天来得格外提前，

迎春花不到开花的时节先开了，

油菜花在田垅里正迎着春风吐艳。

我禁不住又想到您，

又想到了您的《修养》、八大发言。

您呀，活着不要人顶礼膜拜，

您呀，死后头上也不需光圈。

您的著作不是金科玉律，

但人们却认为是最好的金玉之言。

此时呀，大地是多么需要您呀，

然而，您早已离开人间。

您，去是去了，

可是呵，人世间怎离得开您那圣洁的诗篇。

我知道，当年的红卫兵还需要补上政治课，

我知道，今日的新党员更需要加强"党的观念"。

还有呵，还有我这个荒疏了多年党课的战士，

哪一个不需要重读您那不朽的革命诗篇！

四

我心中的花圈，

不知道编扎了多久了，岂止一年两年……

今天，我总算捧出来了，

把它敬献在您的灵前。

历史不会这样评判

施立学

"文化大革命"开始时，少奇同志说，"不要搞了，一切错误由我来承担……"

一句坦率而又真诚的语言，

出自一个国家主席之口，

让你的人民怎不心酸？

请莫怪我善感多情，

实在不能抑制理智的窗门

我哭了，以至夜夜失眠……

难道能让你承担？

你，为让祖国母亲的着装，

不再是褴褛衣衫，

为了刚刚站起来的民族，

不再步履蹒跚，

下农村，走矿山，

访军营，出海滩……

白发早生，两鬓斑斑，

为人民，碎了心，

为事业，尽肝胆。

由你来承担——历史不能这样评判，

尽管，你曾被罗织种种罪名，

尽管，你曾遭到一次次"批判"……

人民心中的天平，

却让你得出鸿毛、泰山；

历史功与过，

自有人评点！

一切"错误"由我承担，

一句坦率真诚的语言，

仿佛是一支彩笔，

画出一个纯粹的共产党员，

他的功勋——日月高，

他的心胸——大海宽……

珍藏的记忆

张德茂

十四年了，那天您刚刚飞离乌鲁木齐，

我仰望远去的银鹰目送着您，

银鹰同天山雪峰融为一体，

我认定那银冠的天山就是您！

那时呵怎想到您和国家会遭到危难，

我曾虔诚地歌唱过您，

却不料风暴一到万花凋尽，

小诗虽未发表也常心存余悸！

您曾风尘仆仆视察了天山南北，

把党的关怀播在各族人民心里，

您满头白发如同那积雪的天山，

亲切的话语就像山泉浇灌大地。

作为国家主席您日理万机，

边疆大地留下您辛劳的足迹，

您关心祖国边疆的社会主义建设，

曾提出防风治沙的百年大计……

但是政治的风沙防不胜防，

十年风暴摧毁了一切也摧毁了您，

您多像那座庞培古城呵，

被突然爆发的火山掩埋在岩浆里！

飞沙走石呵十年不息，

人民在心中呼唤着您；

豺狼奔突呵蛇蝎横行，

但天山不倒，雪峰屹立！

天山不倒呵，雪峰屹立，

"少奇，少奇"活在各族人民的心里，

五中全会公报像一条神奇的纽带，

联结起珍藏人民心中的多少记忆……

早该发表的诗

悼刘少奇同志

孙旭辉

一

轻轻地拂去灰尘，

灰尘蒙不住你的眼睛！

把像镜悬在墙壁上，

历史的席位正大光明；

再佩上一条素穆的黑纱，

我们的哀思太重太重……

无限的宇宙呵，

由灿烂的星群组成。

这条黑纱哟，

莫不是地球上云层？

晴朗的日子想起乌云，

有谁，能不心情沉重！……

二

呵，你难过吗？

——开封监狱！

你囚禁过一个伟大的灵魂，

一颗光明和幸福的，

但却屈死的种子！

早就该公开呵，

当年的看守日记；

告诉我们，

告诉革命的后裔：

一程多么曲折的路呵，

从白区杀出来的英雄，

竟然又在"白区"死去……

三

在发疯的年代里，

我们是幼稚与无辜的！

把脏水泼在你的头上，

也浇湿了我们自己；

血和泪的思考说：

我们的命运，

原本是连在一起……

一九八零年春季，

怀念的心田呵，

终于抽出一片新绿，

——请接受吧，

洒在你白发上的阳光

展现在你眼前的广阔天地！

⊙ 沉痛的教训

迟献的白花

怀念刘少奇同志

邓荫柯

（一）

你——

洞察历史进程的哲人，

探索主义真谛的尊长，

建设党的组织的大师，

塑造新的灵魂的巨匠。

你的伟大名字将载入革命史册，

你的光辉形象永远活在人民心上。

（二）

你高举火把，从安源山出发，

走过了壮阔的战斗一生。

你毕生为传播光明奔走呼号，

自己却陷在阴暗的牢笼。

一个多么凄惨的结局：

你寂寞地倒在黄河岸边的古城。

滔滔东去的黄水啊，

也许听到了你最后的心声！

（三）

当野蛮和粗暴变得时髦，

道德和礼貌成为废物；

当战友之间失去了情谊，

"同志"的字眼变得庸俗；

当"党性"、"原则"被抛在脑后，

打砸抢者在党委进进出出……

我们多么怀念你呀，

怀念你那本被批判的书……

（四）

分不清哪是违心的附和，

哪是麻木的帮腔，

哪是被蒙骗的误解，

哪是恶意的中伤……

当年，全中国的污水，

一下子都泼到你的白发上；

可是，毕竟淹不了

一个真正共产党人的形象！

（五）

当年，你是在风暴中

第一颗陨落的巨星，

第一株被殂倒的苍松。

如今，你是最后一个

一直未能安息的

伟大的魂灵。

你的沉冤严重伤害了
我们这个宽厚民族的
正直的感情。

你的昭雪必将促进
党的兴旺发达、
人民的奋发觉醒！

沉痛的教训

歌曲・其他

◎ 在火车上同乘客亲切交谈。(1958 年 7 月 11 日)

◎ 到内蒙古呼伦贝尔盟鄂温克旗看望牧民群众，受到热烈欢迎。（1961 年 8 月）

◎ 在秦皇岛市郊同农民一起翻红薯秧。(1958 年 8 月)

◎ 同周恩来在开滦煤矿。(1958 年)

◎ 会见工商界的代表，同大家热烈握手。(1960 年 2 月)

◎ 同彭德怀在大连观看军事演习。(1955 年 11 月)

你在人民心中

阎 肃

喜看今朝，民富国强，万里春潮涌。

想在九天也一定笑盈盈，快慰平生。

喜看今朝，中华凝聚，万里筑长城。

想在高天，也必定轩昂昂，倍增豪情。

风，吹散了乌云，荡涤着晴空。

松，撑开了臂膀，擎起了高峰。

日月经天，江河行地，

你带着博大的情怀，永在我们心中。

啊！

百年人生，浮云沧海，世纪钟声洪。

屈辱历史，当扫除干净，引巨龙腾升。

百年往事，多少创痕，今都抚平。

回眸一笑，青史已铁铮铮，将丰碑筑成。

风，吹散了乌云，荡涤着晴空。

松，撑开了臂膀，擎起了高峰。

日月经天，江河行地，

你带着博大情怀，在我们心中。

人民的公仆

献给少奇同志

幼　彤

这是一条您曾开拓的路，

一条燃起安源烈火的路。

这是一套您曾论述的《修养》，

一个中国共产党员的义务。

啊，少奇同志啊，

敬爱的少奇同志，

虽然不幸让您停住了脚步，

可是你那熟悉的身影，

仿佛还在指挥着我们的队伍。

这是一条前赴后继的路，

一条中国有特色的路。

这是一束新世纪的曙光，

照亮改革开放的坦途。

啊，少奇同志啊，

敬爱的少奇同志。

虽然不幸让你停住了脚步，

可是你那亲切的教诲，

告诫我们永远做人民的公仆。

月照花明楼

杨　渡

月照花明楼，银光洒山坳。

山间小路细又长，景色多么温柔。

小路啊！小路你记下过去的春秋。

当年蹲点下乡来，少奇同志从这里走。

访贫问苦登千门，调查研究踏万丘。

一天天，深山踏出一条路。

一夜夜，窗下熬干了一灯油。

干群同志唱赞歌，唱赞歌。

他呀他，却成了阶级罪人铁窗囚。

啊！乌云散，日月明。

滔滔湘江更长流。

人们拥戴好领袖。

如今啊！阳光照亮了花明楼。

刘主席回到花明楼

钟永华

衡山情绵绵，湘水思悠悠。

家乡的山水难忘那一年哟，

刘主席回到花明楼，

亲人回到花明楼，

紧紧拉着乡亲的手。

迈步走进社员的家，

问吃问住问忧愁。

社员多少心里话，

亲人句句记心头。

刘主席呀刘主席，

横扫"五风"日月新，

山变青来水变秀。

亲人一别花明楼，

转眼时光二十秋。

你培育浇灌幸福的苗，

如今遍地绿油油。

亲人何时再回来，

乡亲盼得泪花流。

刘主席呀刘主席，

一生操劳为人民，

你永在家乡花明楼。

少奇同志到我们林区来

石生华

大青山上百花开，

少奇同志到我们林区来，

林业工人齐欢笑，

他的话儿暖心怀，

鼓励我们立大志，

采育结合青山在，

毛主席的关怀他带来，

关心咱们子孙万万代。

少奇同志到我们林区来，

满面红光笑颜开，

岭上看我们采伐，

坡下又把苗来栽，

苗儿苗儿迎风摆，

成垄成行排成排，

无边的林海起波涛，

棵棵红松长成材。

少奇同志到我们林区来，

我们的心像百花开，

比学赶帮齐跃进，

多多采来快快栽，

运到农村送到城市，

棵棵都是栋梁材，

支援祖国大建设，

共产主义早到来。

少奇同志到忻崞

郭秋池

解放战争期间，刘少奇同志曾到晋绥的崞县屯瓦一带视察工作。后来，流传在忻州、原平民歌中的"忻崞"，则泛指包括今山西省的忻州市、原平县。

云中山上唱山歌，

少奇同志到忻崞。

头戴一顶旧草帽，

云彩里开开花一朵。

少奇同志住忻崞，

三顿饭不离"谷窝窝"；

贫雇农送来"老咸菜"，

说说笑笑真红火。

少奇同志上山坡，

叫了声羊倌"老哥哥"；

伸手摸摸羊羔羔，

草地上一坐拉家常。

先问"大年下"吃什么？

过"端午"粽子多不多？

坡田沙地有几亩？

院子有没有"羊圈"窝？

又问野狼可作孽？

黑夜咋防把羊拖？

护圈的好狗有几只？

"踩粪"一圈够几车？

再问村民咋干活？

农会、民兵做什么？

地主、坏蛋有几个？

打仗你有啥计策？

羊倌一听笑呵呵，

答话足有几火车！

少奇同志挪近坐，

顺手接过"旱烟锅"……

烟花儿画成花朵朵，

又画弯弯云中河；

听见庄稼拔节响，

羊羔儿也"乍"起小耳朵。

少奇同志离忻崞，

数不尽的山岭唱不尽的歌。

党中央领头咱们唱，

唱出一个新中国。

人们爱你在心里

王持久

望见青山忆少奇，

敬仰人民的好主席

品格崇高修养好，

光明磊落经风雨。

望见清泉想少奇，

难忘人民的好主席，

作风廉洁心无私，

浩然正气留天地。

伴着春风唱少奇，

赞颂人民的好主席，

生活简朴系大众，

您和百姓同呼吸。

朵朵鲜花献少奇，

怀念人民的好主席，

天长地久情意深，

人民爱您在心里。

大海怀念你

任志萍

父老乡亲说起你，亲亲热热喊兄弟。

工友们有了你就有了主心骨，

革命有了你弱兵也胜强敌。

父老乡亲说起你，亲亲热热喊兄弟。

新中国举你掌握天下事，

乡亲心目中你还是当年的你。

炭子冲回荡你亲切的话语，

安源矿闪烁你点燃的火炬。

共和国赞颂你，

你开拓富强功盖天地。

黄河湾，思想你，

你走向大海走进人民的心坎里。

天南地北说起你，

人人心中起敬意。

四海内有你播种的友谊，

富国路有你奠定的根基。

共和国赞颂你，

你开拓富强功盖天地。

黄河湾，思想你，

你走向大海走进人民的心坎里。

共和国赞颂你，

你开拓富强功盖天地。

黄河湾，思想你，

你走向大海走进人民的心坎里。

你从田埂走来

张俊以　仁　一

就是这花明楼，

就是这炭子冲，

就是这长长的老田埂，

走来你刘伢子脚步那个匆匆。

眼睛你是这个样子亮，

乡音你是那个样子重，

吃一把红辣椒，

它就点燃你火一样的救国情。

你从田埂走来，

带着一腔赤诚，

你走得好远好远，

足迹印在我们心中。

还是这花明楼，

还是这炭子冲，

还是这长长的老田埂，

走来你刘老倌儿话语那个声声。

身材你是这个样子瘦，

白发你是那个样子浓，

吃一把红薯干儿，

它就激起你火一样的富国情。

你从田埂走来，

带着一腔赤诚，

你走得好远好远，

足迹印在我们心中。

往　事

阎　肃

回首往事如烟，

却分明记得那云飘飘路漫漫。

问青天如何书写，

却分明载不尽火烈烈血斑斑。

无言的忠贞溶进泥土，

如山的痛苦默默承担。

高高举起双臂，

拨开那沉重的风雨，

把那新的生命托向长天，托向长天。

拂起朝霞一同向前，一同向前，向前，向前。

回首往事如烟，

却分明记得那云飘飘路漫漫。

问青天如何书写，

却分明载不尽火烈烈血斑斑。

甘将一生溶进厚土，

毁誉荣辱视作等闲。

高高举起双臂，

拨开那沉重的风雨，

把那新的生命托向长天，托向长天。

拂起朝霞一同向前，一同向前，向前，向前。

爷爷的故事

石顺义

从爷爷的故事里我知道了你，

花明楼最亮的星星就是你。

从妈妈的回忆中我熟悉了你，

炭子冲那美丽的彩霞就是你。

漫步在南方小城，

你俯视着北方大地。

你每天都伴随着我们，

从太阳升起到月儿西去。

从小学的课本里我知道了你，

延河边宝塔旁就有你。

从庄严的国歌里我想到了你，

天安门那灯笼下就有你。

你抚着兰天白云，

你每天都伴随着我们。

翻开一张又一张日历，

你是谁，谁是你，

高山大海赞颂你，

一个永远的名字，

铭刻在我们的心里。

怀念刘主席（苗族民歌四首）

刘位循

无言的喜悦

阿妈织着彩像，

织进深深的怀念；

阿爸雕着笛眼，

雕进不灭的情感；

阿奶采来花束，

留下她的祝愿；

全家追念刘主席，

无言的喜悦发自心坎。

米酒献给刘主席

在春暖花开的春天，

苗家等待着您的讯息。

在寒霜降临的冬季，

苗家惦念着您的起居。

在"四害"横行的日子，

各族人民怀念您呵刘主席。

见到迎春花的怒放，

都说是您生前的笑意。

见到高山挺拔的雪松，

都说是您高大的身躯。

捧起今日丰收的米酒，

忘不了为民受害的刘主席。

刘主席回到党内

玉盘虽毁人心不毁，

池藕断了千丝相随，

暴雨能摧凋万树花卉，

刘主席活在人民心内。

浑水总会澄清，

真理总要放出光辉，

人民终能辨别真假，

刘主席终于回到我们党内。

它离太阳很近

天上有颗星星，

它离月亮很近，

突然一阵狂风，

要吹去它的光明。

地上有座山岭，

它离太阳很近，

突然滚来洪水，

要淹没它的峰顶。

狂风吹不散光明，

星星又出现在夜空；

洪水淹不了高山，

它又耸立在人间。

贴肉的汗褡贴心的人

（花儿）

刘瑞琛

高山的松柏接蓝天，

枝枝连，

扎了个翠绿的花圈，

灵芝草绾（哈）的大牡丹，

朵朵香，

敬献在刘主席灵前。

高山是琵琶江河是琴，

百鸟弹，

拨动着大地的心弦；

贴肉的汗褡贴心的人，

刘主席，

您活在人民的心坎。

好红松长在石崖尖，

冬夏里青，

风搅雪折不断枝干；

刘主席一生光闪闪，

人心上明，

是不倒的泰山。

松柏常青（京剧）

阎 肃

隆冬三九风雪骤，

天摇地抖独有松柏秀。

雄赳赳从容昂首写春秋，

潇洒洒磊落一生清风两袖，

坦荡荡淡泊荣华布衣王侯。

枝压霜寒长青长绿，

甘担冰雪无怨无求。

凛丝横眉冷对千夫指，

欣然低头甘为孺子牛。

亲情笑慰天伦乐，

乡情永在父老心中留。

深情植根沃土里，

友情遍洒亚非欧。

人间永敬长青树，

雪压霜欺白了头，

留得一片浓荫在，

青枝绿叶耀九州。

歌曲·其他

后　记

　　为了纪念刘少奇这位伟大的共产主义战士、伟大的人民公仆，党和国家久经考验的卓越的领导人，我们用了长达八年多的时间搜集和整理了这本诗词选集。限于我们的能力和视野不及，肯定还会有些好的诗词被遗漏，只能表示遗憾了。

　　书中搜集到的作品，有些作者同我们取得联系，都支持、赞同出版这本诗词选集；还有些作者，我们无法取得联系征求意见，深表歉意。

　　我们在编辑这些诗稿中，受到极大的心灵冲击和教育。刘少奇同志是老一辈革命家光荣的代表之一，他的革命生涯和坎坷的人生道路，是同中国革命和建设紧紧连在一起的。他那非凡的理论思维能力；他那一切从实际出发，孜孜不倦地探索和勇于坚持真理、修正错误的精神；他那无私奉献一切为党、为国、为民的高尚品德，是我们宝贵的精神财富，是我们学习的光辉榜样。

　　我们相信读了这本诗词选后，一定会激起我们对党、

对祖国、对人民的热爱，更会珍惜今天的伟大成果，努力
为美好的明天加倍努力工作。

本书的编辑、出版，得到了许多同志的热情帮助和支
持，特别是薄一波同志还专门为本书题写书名；中央文献
研究室第二编研部的同志为本书提供了大量的稿件；四川
煌歌集团为出版也给予了帮助。在此，我们一并表示
感谢。

谨以此书作为对刘少奇同志 110 周年诞辰的纪念和
缅怀。

编　者

责任编辑:张振明
封面设计:若　楠
版式设计:肖　辉

图书在版编目(CIP)数据

怀念刘少奇诗词选/沃宝田 主编. -北京:人民出版社,2008.11
ISBN 978－7－01－007432－0

Ⅰ. 怀…　Ⅱ. 沃…　Ⅲ. 诗词-作品集-中国-当代　Ⅳ. I227

中国版本图书馆 CIP 数据核字(2008)第 164189 号

怀念刘少奇诗词选
HUAINIAN LIU SHAOQI SHICI XUAN

沃宝田　主编

人民出版社 出版发行
(100706　北京朝阳门内大街 166 号)

北京百花彩印有限公司印刷　新华书店经销

2008 年 11 月第 1 版　2008 年 11 月北京第 1 次印刷
开本:710 毫米×1000 毫米 1/16　印张:41.5　彩插:8 页
字数:180 千字　印数:0，001－2，000 册

ISBN 978－7－01－007432－0　　定价:78.00 元

邮购地址 100706　北京朝阳门内大街 166 号
人民东方图书销售中心　电话 (010)65250042　65289539